文春文庫

きみの正義は

社労士のヒナコ

水生大海

文藝春秋

目次

春の渦潮 007
きみの正義は 065
わたしのための本を 123
藪の中を探れ 177
らせん階段を上へ 239
解説　内田俊明 339

きみの正義は 社労士のヒナコ

春の渦潮

1

二〇一八年、四月。わたし、朝倉雛子《あさくらひなこ》はやまだ社労士事務所に入って、二年目の春を迎えた。

春は変化の季節というけれど、わたしは逆に、社会人として六年目の今年になってはじめて、同じ職場での勤務が一年になった。それまでは派遣社員として、あちらへこちらへと放浪していた身だ。感慨《かんがい》深い。

ところでそんな派遣社員、契約社員、パートなどの有期雇用の非正規社員に、制度改正の波が押し寄せてきている。まずはこの四月、改正労働契約法によって、有期雇用で五年を超えて契約を更新するものが、希望すれば無期雇用に転換されることになった。

というわけで新年度初日、早速パートの丹羽《にわ》さんが無期雇用を申し出た。

「どうしようかなーって、ちょっと迷ったんだけどね。でもあたしが事務所を辞める権利は今までどおりあるわけだし」

煽《あお》るような笑《え》みを、丹羽さんが浮かべる。

「いじめないでくださいよ。丹羽さんがいなくなったら、うちは回らないんだからね」

釣られたのは山田《やまだ》所長だ。

決してオーバーじゃない。丹羽さんは社会保険労務士の資格は持っていないけれど、事務周りのすべてに精通し、仕事が早い。機関銃のように勢いよくキーボードを叩いている。

「やだ所長。意地悪で言ってるんじゃありませんよ。夫の転勤の可能性がゼロじゃないってだけ。地方で七年、東京で今年十年目。またどこかに行かされるかもしれないから」

丹羽さんの返事に、所長がうなる。丹羽さんは、大手の企業で総務と経理の仕事に就いていたけれど、夫の転勤と自身の出産で退職せざるを得なかったのだ。

「子供さんたちの学校はどうするの？」

と、冷静に訊ねたのは素子《もとこ》さんだ。所長の妻にして税理士の資格を持っている。ここの事務所の手伝いと子育てをしながら資格を取ったという、柔らかな見かけの割にパワフルな人だ。

「そこが問題なんだよね。中二の上の息子が、来年度に受験の年を迎えるし、タイミング次第で単身赴任もありかなあ」

その答えに、所長がすかさず被《かぶ》せてくる。

「受験ですか。働きましょう、丹羽さん。稼ぎましょう」

「ありがとうございます。ついでにお給料を上げていただけるとありがたいでーす」

あああ、と所長がなお複雑そうな表情になる。

「ともかく、元気で新年度を迎えられたということで。みなさん、この四人体制でがんばりましょう」

所長が無理やり話を締める。そう、メンバーは四人。小規模な事務所だ。今年二十八歳を迎えるわたし以外は四十代以上という、人生の先輩方のなかにいる。

「当分は、だよね。ヒヨコちゃんが独立するかもしれないし」

丹羽さんがウインクをよこしてくる。

「そんな予定はないですよ。結婚で遠くに行くなんてことも今のところありませんので、念のため」

まだ恋人はできていない。候補もいない。仕事でいろいろな人と出会うチャンスはあるはずなのに、おかしい。いや、仕事にだけ目を向けているからということにしておこう。

「ばりばり仕事しますからね。今年こそもう、ヒヨコとは呼ばせません。……って、丹羽さんに言ってるんですよー」

わたしの叫びを無視して、丹羽さんは視線をふいとデスクのほうに向ける。そのとたん、事務所の電話が鳴った。予知能力ではない。コールの直前にプルッと、震えるような小さな音がするのだ。

丹羽さんの応対を注視した。四月は入社者や転勤者が多い。それらに伴う手続きがこの先、山のようにやってくる予定で――

「はーい、さっそく無期雇用転換案件のご相談です。せっかく事務所《うち》からのメールマガジンで、何度も注意喚起してたのにね」

保留ボタンを押した丹羽さんが、こちらを向いてにっこりと笑った。

無期転換ルールは、有期雇用されているほうにはありがたい制度だが、会社側は手放しでは歓迎できない。契約の期限を定めておくことで、有期雇用労働者をいわば人員の調整弁にしていたからだ。今まで便利に使ってきたものを、今後も同様に使い続けたいと思う気持ちはわからないでもない。個人的には、ムカつくけれど。

だからそのルールがはじまる前に、会社としてどう対処するか、たとえば、無期転換を避《さ》けようと直前で雇い止めにしては問題になる、などとケース別に説明し、なにかあれば事前に相談を、と通知してあった――のに。

ともあれ状況確認と再説明をしなくては。

電話をかけてきたクライアント、愛《あい》と守《もり》の会は、簡素なマンションのような建物の一階に本部があった。建物自体は、介護付有料老人ホーム「ゆうともりの家ひとつめ」で、特定施設入居者生活介護というものだそうだ。六十五歳以上の、要介護や要支援の認定を受けた人が暮らしているという。

「お呼び立てをしてすみませんでした。毎日忙しくて、そちらに伺《うかが》う時間がなくて」

エントランスの外に受付のインターフォンがあった。事務員らしき女性とのやりとりのあと、外まで出迎えてくれたのは守本耕輔《もりもとこうすけ》施設長にして事務長、愛と守の会の代表者のご子息だ。代表者は不動産業を営んでおりそちらが本業ということで、実質、耕輔氏が愛と守の会を取り仕切っている。ほかに、同タイプの施設、ゆうともりの家ふたつめ、みっつめがあり、合計三軒を持っているそうだ。

「いえいえ、お気になさらないでください」

ではさっそく中でお話を、と守本施設長が大股《おおまた》で歩いていく。四十代半ばほどの施設長はオレンジ色のポロシャツを着ていた。手が足りないときは自らも介護に加わるので、スタッフと同じ恰好をしているのだという。

「やあこんにちは、イトウさん。囲碁の腕は上がった？」

すれ違った老齢の男性に、すかさず守本施設長が声をかける。

「情報古いよ、施設長。今は将棋だ。けどほら俺、覚えが早すぎてさあ、歯ごたえのある対戦相手がどんどん少なくなる」

笑いながら、男性がすたすたと歩き去る。

「ずいぶんお元気な方がいらっしゃるんですね」

わたしは守本施設長に訊《たず》ねた。軽く調べてきたのだが、有料老人ホームは介護サービスの利用の違いにより、健康型、住宅型、介護付の三つに分かれるという。ここは介護付と銘打たれているから、いかにも病人らしい人ばかりだと思っていた。

「人によりけりで、彼はお元気なほうです。イトウさんはご夫婦で入居していて、奥さんが車椅子《くるまいす》なんですよ」

そういえば一人用だけでなく夫婦用の部屋もあると、案内のサイトに載《の》っていた。その写真では、ベッドにソファに少しの家具と、病院の個室を立派にしたような感じで、プライバシーも保てるようだ。その後も守本施設長は、やあコジマさん新しい入れ歯の調子はどうとか、あれスズキさんお洒落《しゃれ》な服だねとか、すれ違う人に声をかけながら廊《ろう》下《か》を進む。わたしにも、まるで入居予定者への案内のように、左手の食堂は中庭に面していて花壇が綺麗《きれい》だとか提携病院がこれだけあるとか説明してくれる。食堂からは、ピアノとともに合唱の声が聴こえてきた。リハビリかイベントだろうか。

「ともねえちゃん！」

突然、背後からぎゅうと抱きつかれた。

呼びかけてきた声は女性で、わたしはひゃああと情けない声を上げてよろけた。

「だいじょうぶですか」

守本施設長が駆け寄ってくる。もっとも身体を支えようとした相手は、わたしではなく抱きついてきた高齢の女性のほうだ。

すみません、と、守本施設長と同じポロシャツを着た女性が小走りでやってきた。高齢の女性の腕を取り、笑顔で優しく言う。

「こちらの方はともねえちゃんじゃないですよー、ミツさん」

「ともねえちゃんじゃないなら、どなたなの？」

不満そうな表情で、ミツさんと呼ばれた女性がわたしの顔をじっと見つめてくる。八十代あたりだろうか。

「……ええっと、朝倉です。朝倉雛子といいます」

「ひなこちゃん？　かわいいお名前ね」

一転して笑顔になるミツさんの肩を、ポロシャツの女性が誘導するように抱く。

「あちらに行ってみんなと歌いましょう。それとも中庭でお花を見ましょうか」

ミツさんがどちらを選んだのか、わたしにはわからなかった。あとはポロシャツの女性に任せたとばかりに片手を上げた守本施設長が、廊下をさらに進んでいったからだ。本部として使っている部屋は角の先だそうで、曲がってすぐに、失礼しました、と小声で謝ってくる。

「驚かれたでしょう。うちは認知症の方も受け入れているので」

「だいじょうぶですよ」

言動から、そうだろうとは予測していた。

「ともねえちゃんというのは、ねえやさんだとか。親が商売をやっていて、お手伝いさんや従業員が同居していたそうです」

「ねえやさん、ですか。お嬢さまだったんですね。今の方」

「ええ。とても上品な方です」

では、と守本施設長はカンファレンスルームと書かれた扉にわたしを誘う。中で事務室ともつながっているそうだ。

2

「二〇一三年四月一日以前に雇用を開始した有期労働契約の方がいらして、通算契約期間が五年を超えたため、今回、無期転換への申し込みをされた、ということでいいですね？」

改めて守本施設長に確認する。五年が経ったからといって自動で無期雇用労働者になるわけではなく、本人が申し込む必要があるのだ。

「今までそんなそぶりを見せなかったのに、四月になったとたん、急にですよ。あらかじめ調べていて、黙ってたんでしょう。目端の利《き》く人には思えなかったんですけどね」

いやいやいや。そぶりもなにも、対象者に向けて雇用主側から制度の説明を行ったほうがいいですよと、以前からアドバイスしていたのに。ニュースでも報道してるんだから、説明しなきゃ気づかないだろうなんて高をくくってちゃ駄目ですよ。

と喉《のど》から出そうになったセリフを、作り笑顔で封じる。この一年の間で、本音の隠し方がうまくなったと、自分でも思う。

「念のために申しあげますが、今回の無期転換ルールというのはあくまで、契約の期限についてのものです。五年も有期契約が繰り返されている以上は、その人は会社に必要な人材ですよね、だったらずっと雇いましょうね、というだけで、五年経ったら正社員にしましょうというものではありませんよ」

守本施設長が、しばし戸惑《とまど》う。

「うちは、社員登用制度もあるんですが」

「それとは別です。非正規社員から正社員への登用のしくみは、企業さんごとに異なっていますから」

「パートのままで無期限の契約、ってことですか？　で、どうすれば」

「まず、無期雇用に転換となる方々を対象とする就業規則の整備が必要です。というのは、今その方々に示している規則が、無期を前提としていないことが多いからです。たとえば定年。有期の契約だからという理由で定年を設けていない企業さんがあります」

「それは困る。永遠に居座られるわけにも」

とそこで、言葉のきつさに気づいたのか守本施設長は空咳をした。

「その無期転換後の規則を踏まえた上で、有期雇用労働者の方の就業規則を整備します。そしてなにより、現在働いている有期雇用労働者の契約更新の時期と、無期雇用を希望するかどうかを確認する必要があります。今後の予測をするためです」

うーん、と守本施設長は唸る。

「わかりました。早急に調べます。ただその、どうすればというのはそういう意味じゃなくて、どうにかチャラにしたいんですが、というほうで」

「チャラ？　無期雇用にせず、辞めさせたいということですか？」

えへへ、と子供のように守本施設長が笑う。喜怒哀楽のはっきりした飾らない人のようだ。

「これは五年前からはじまっていた話なんです。失礼ですが、これまでの間に、無期雇用労働者が出ては困るなら対策をご相談くださいと、連絡申しあげていたかと」

「そのときの担当って朝倉さんじゃなかったですよね」

たしかにわたしは、まだ事務所歴一年にすぎない。だけど今までの経緯は、所長に確認している。

誰が担当だろうと同じですから！　それになによりも。

「辞めてほしくない人材だからこそ、契約を更新し続けていたんですよね。介護のお仕事は、人手不足だと伺います。五年を超えるベテランなんでしょう？　この機会に、従業員の囲い込みに向かう企業さんもありますよ」

「うーん、そちらの仕事はたしかにねえ」

「そちらの仕事、とおっしゃいますと？」

「介護職は身体に負担がかかりますからねえ。精神的にもこたえる部分が多々あり、辞められる方はどうしても出ます」

「……無期雇用を申し出られたのは、介護職員さんじゃないんですか？」

あ、と守本施設長が、手元のファイルを開いた。

「違います。ああ、申し訳ない。でも朝倉さんが制度の話からはじめるから、つい、話しそびれてしまって」

どうぞわたしの所為《せい》にしてくださってかまいませんよ。一年で図太くなりましたから。

と、これも作り笑いに押し込めて、ファイルの履歴書を見る。貼られた写真は、守本施設長より年長そうだった。提出の時点で五十歳を超えている。わたしは暗算をはじめたが、守本施設長が先に答えをくれた。

「赤根《あかね》順二《じゅんじ》、今年、五十八歳かな、今はまだ五十七です。調理職員のひとりなんですよ」

介護職員だろうと調理職員だろうと、契約が五年を超えたなら、どんな職種でも同じだ。その説明をする。

「なんとかなりませんか。調理職員は、今、三ヵ月ごとの更新なんですよ。赤根はもう、無期限の人なんですか？」

「ややこしいのですが、まず、五年が経ったところで、被雇用者つまり労働者側に申し込みの権利が発生します。ルール上、申し込みをすると雇用主は承諾したものとみなされて、無期労働契約が成立します。ただ、無期雇用に転換されるのは、申し込みのときの有期労働契約が終了する日の翌日からです」

守本施設長の目が光った、ように見えた。

「じゃあその契約が終了するときや、転換される前に辞めてもらうというのは？　携帯電話の二年縛《しば》りの隙間のように、契約が切れる空白の一ヵ月とかはないんですか？」

「契約終了のときに辞めさせるというのは、無期労働契約の解約、解雇となるんです。

解雇には、客観的・合理的な理由が必要となります。無期にしたくないからという理由の解雇は、雇用主の権利濫用《らんよう》だとされて無効です。一方、無期転換の申し込み時から有期労働契約終了の間に辞めてもらうというのは、有期労働契約中の解雇になるので正社員の解雇よりハードルが高く、よほどの事由がない限りできません」

「……ややこしすぎて混乱しています」

ですよねえ、とわたしも思う。役所が用意した説明文もサイトに出ているが、飲みこみづらい。要するに、有期雇用の契約を繰り返して五年経過したら抜け道はない、といえよう。

ちなみに、守本施設長が携帯電話の縛りにたとえていた「契約を継続していないとみなすことのできる空白期間」も改正され、以前の一ヵ月から六ヵ月になっている。

まいったなあ、と守本施設長が頭を抱えた。

「どうしてそんなにその方、赤根さんを辞めさせたいんですか？　なにか問題でも起こされたんですか？」

わたしは確認する。

「うーん、その、彼は言葉が乱暴というか粗野というか、代わりがいないからいてもらってたんだけど、抱えておきたい人材じゃないんですよ」

この機会に、切りたいということのようだ。

「言葉遣《づか》いに対する指導は、なさっていますか？」

「ええ。だけど私より年上だからかなかなか言うことを聞いてくれなくて。それに、女の子が泣かされたこともありました」

泣かされた？　どういう意味で？　とぎょっとしたが、言葉通りの意味だったようだ。

「女性の介護職員に、乱暴な言葉を投げかけたそうです。調整役を担う者から注意してもらったんですが、知らないとかしつこいとか言い訳をした挙句、最後には開き直るように形だけ謝ったんですよ。こちらも忙しいから、そう長くは関わってられなくて処分はしないままでした。機会を逸《いっ》しましたね」

「それはパワハラやセクハラのようなものでした？」

「調整役もそのとき介護職員に確認したんですが、違うと言われました。また、トラブルのあったふたりの立場に、上下関係はありません」

「処分を行うなら、就業規則に、表彰及び制裁の定めを書く必要があります。逆に言えば、決めていないことで処分することはできないんです」

「打つ手なしか。……いてもらうしかないんですか？」

守本施設長が肩を落とす。救いを求めるような目でこちらを見てきた。そんな表情をしても、答えは変わらないって。

「ええ。無期を求められた以上は、拒否できません。先ほど申しあげた、就業規則の整備と該当者《がいとうしゃ》の把握も進めていきましょうね。お手伝いしますので」

　わかりました、と守本施設長がやっとうなずき、新たにファイルを出してくる。

　他のふたつの施設も含めて、五年を超える有期契約の被雇用者は、現段階では赤根さんだけだった。ただ、介護職員は入れ替わりが多いため、雇用は毎月のように行われていて、該当者が次々に発生しそうだ。来月再来月と、続けて三人いる。

「うわー、まいったな」

　感情がたっぷり乗った守本施設長の声に、だいじょうぶですよ、と請けあう。

「ひとつずつやっていきましょう。そういえば、介護職員の方の契約期間は一年なんですね。調理職員の方と、どういう違いがあるんですか？」

　にっこりと、守本施設長が笑った。

「まさに囲い込みです。辞めてほしくないですからね。介護福祉士の資格を得た優秀な人は、社員登用もしています」

　なるほど、とわたしもうなずいた。どの業界もシビアだ。要る人《い》に対しては、優しい。

「赤根さんの言葉遣いは、引き続き指導なさったほうがいいでしょうね。新たなトラブルを起こしてはいけませんし。処分はともかくとして、今さらですが問題が起こった時にきちんと対処すべきだったと思います。赤根さんと同僚の調理職員との関係は、どのようなようすですか？」

「不満は出てませんね。一番の年長者で、乱暴ではあるけど親分肌なところもあるので、ある種、リーダー的な存在です」

「では赤根さんの上司はどなたになるんですか？」

「栄養士もいますが、上司となると、私になるんでしょうか。予算の相談も私に来ますし。栄養士と赤根が相談してメニューを決めているんです」

だったらもっとしっかり指導を、と思ったが、口には出さなかった。守本施設長も自覚しているのか、神妙な表情をしている。

「赤根さんと介護職員の方とは、どういうつながりがあるんですか？」

「入居者の食事に関する申し送りがあります。こういった施設ですから、基本のメニューがまずあって、あとは個別調整が必要になります」

「喉に詰まらないよう、細かく切るといったような？」

「きざみ食のことですね。気管に入りやすくもなるので、とろみをつけたり、ソフト食という嚙《か》み切りやすいタイプにするほうが、うちは主流かな。そのあたりは本人の状態によって既《すで》に決まっているんですが、選択式のセレクト食や、食べられないものを除いておくといった希望をまとめて、前日何時までという約束で伝えておくんですよ。ただ、人が相手なので難しい」

「急に体調が変わったりもするでしょうね」

「そうなんです。一方、調理のほうも準備が要りますよね。で、たまに、バチバチと」

守本施設長が右手と左手の人差し指を、擦《こす》り合わせるようにした。

たまに、と表現したが、たびたびあるトラブルなのかもしれない。わたしは赤根さんの履歴書の写真に目をやった。唇《くちびる》を引き結んだいかつい表情をしている。人気店の気難しい店主という印象だった。

3

「なるほどお疲れさま。愛と守の会は、無期転換になるスタッフを今後どう処遇したいのかな」

夕方、所長に報告したところ、対応を急ぐようアドバイスをもらった。来月には次の該当者が出るし、待ったなしだ。

「介護職員には残ってほしい、でも他の職種の人は辞めさせたいときに辞めさせたい、という風でした。ただ、五年間も調理職員をしてるなら、入居者の食の好みや傾向、予算の巧《うま》い使い方などを把握しているでしょうし、いてもらったほうが得だと思うんですけど」

「マニュアル化されてるなら、安く雇える新人のほうがいいということもあるよ。給与はなかなか下げられないからねえ」

「はい。賃金台帳も確認しました。たしかに赤根さんの時給は他の方より高いんです。いくつかのお店で働き、以前はホテルのレストランにもいました」

へえ、と素子さんが横から感嘆《かんたん》の声をかける。

「じゃあ引き抜いたのね」

「でもないようです。そのホテル、実は潰れたところで。それに最後に勤めていた店から今の職場に入るまで、数年、間があって。守本施設長に訊ねたら、家族の看病をしていたとのことです」

「あら、じゃあこの表現はオーバー？　そうでもない？」

素子さんのパソコンに、ブラウザソフトが立ち上がっていた。ゆうともりの家ひとつめの施設案内が載っている。わたしが見た施設のサイトとは少し違っていた。

「介護施設を選ぶためのサイトがあるみたい。福祉医療機構のものじゃなくて、民間の。検索したら出てきたのよ」

まるでグルメ比較サイトのように、地図、施設の外観や室内のようす、部屋の空き状況、入居条件、費用などが見やすく載っていた。びっくりするほど高額な老人ホームもあったが、ゆうともりの家ひとつめは手の届きやすい価格設定のほうらしく、空室はまるでない。ふたつめ、みっつめもだった。

「ほらここ。直営の食堂では温かいお食事をお楽しみいただけます。ホテルレストランに在籍していたスタッフです、って。どこのホテルかは書かれていないけれど」

美味《おい》しそうな料理の写真が載っていた。わたしが見た施設のサイトと同じ写真だ。ビーフシチューに小鉢、サラダと、わたしの利用したことがあるいくつかの社食と比べても、ポイントが高そうな食事だ。

「ホテル名を書いてないのは潰れたところだからかも。でもそれを施設の売りにしておいて、クビを切りたいはないですよねえ」

残りふたつのゆうともりの家の施設にも「直営の食堂で温かいお食事を――」とあったが、ホテルレストランのことは言及されていなかった。明らかに赤根さんのことを指している。

「今まで契約を更新してた理由はこれかもしれないわね。だったら他の方より時給が高くても仕方ないんじゃないかしら。広告宣伝費のようなものだから」

素子さんが呆《あき》れたように言う。

「まああふたりともそのへんで。赤根さんは無期雇用になるんだし、これからの人も急いで整備をするということで、朝倉さん、よろしく。他にも無期転換ルールの対応をし損ねているクライアントがないか調べたほうがいいね。丹羽さんにはそれを――」

「もうとっくにお帰りですよ」

所長に、素子さんが目配せを送る。

「お子さん、春休みですもんね。あ、おふたりのとこもですよね。時間いいんですか？」

下の子ももう中学生だからだいじょうぶと、所長と素子さんが同時に言う。結局三人で残業となった。


後日の打合せにより、愛と守の会では、今働いているスタッフに対しては無期転換を受け入れるということになった。今後採用するものは、契約更新の上限を五年より低く設定し、優秀な介護職員は社員登用制度で囲い込むという。無期転換後の就業規則に、転勤や職務の変更もあり得ると条件を明記することも求められた。ゆうともりの家は三軒とも入居者からの満足度が高く、今後、四軒、五軒と増やす構想があるからだと説明された。

だったら人手はますます要るんじゃないかと思ったが、今はまだ構想段階だし、人件費も上げたくないのだろう。

急いで就業規則を作り、有期契約の被雇用者に告知してもらった。

これで一件落着と思っていたわたしは、まだまだヒヨコだったのかもしれない。

4

ゆうともりの家ひとつめの近くにあるクライアントに、書類を届けた帰りのことだ。ただの植え込みだと思っていた緑のなかに、ショッキングピンクのふくらみを見つけた。ツツジだ。桜と同じくツツジも、一気に咲いてあたりを染め上げる花だ。でも桜と違って、ツツジには豪快で力強い印象がある。なんかその逞《たくま》しいイメージって、と思いながらぼんやり眺めていると、オレンジのポロシャツの女性が道を走っていった。間もなく、誰かを支えるようにしながらゆっくりと戻ってくる。

ゆうともりの家のスタッフだった。このふたり、見たことが……と思っていたところ、突然手を握られた。

「ともねえちゃん！　来てくれたの？」

先日抱きついてきた高齢の女性と、介護職員の人だ。どう対応するのが正解なんだろうと戸惑いつつも返事をした。

「こんにちは。ともねえちゃんじゃないけど、この間、お会いしましたよね。雛子です」

高齢の女性は、しばし考え込んでから、口を開いた。

「ひなこちゃん？　かわいいお名前ね。私のことはみっちゃんって呼んでね」

そうだ、たしかミツさんと呼ばれていたと、わたしも記憶をたどる。ともねえちゃんのことは今も覚えているようだけど、わたしのことは忘れていたとみえる。

「すみません。先日、守本施設長のところにいらした方ですよね」

ポロシャツの女性が言う。胸元にネームタグが縫い付けてあった。作島《さくしま》と書かれている。わたしより少し年下ぐらいのみかけで、えくぼがかわいらしい。

「はい。やまだ社労士事務所の朝倉雛子と申します。ところでこの手は、どうすれば」

ミツさんは、わたしの手をぎゅっと握って放さない。

「あー、すみません。……ねえミツさん、ひなこちゃんはご用があるんですって。お手を放してくれますか？」

「なんのご用？　みっちゃんと遊ぶご用？」

無邪気そうな笑顔を、ミツさんがわたしに向けてくる。その笑顔に、まあいいかと思う。

「みっちゃんをお家に送り届けるご用かな」

施設はすぐそこだ。五分もかからない。すみません、と作島さんがみたび謝ってくる。

「だいじょうぶですよ。お散歩だったんですか？」

「そうなの。桜を探しにね。でももう葉っぱだけになってしまっていたわ」

作島さんに訊ねたつもりだったが、ミツさんが先に答えた。作島さんが口パクで、脱走です、と伝えてくる。それを知ってしまうと、この手を絶対に放せない。

「今年の桜は早かったから。来年、一緒に見にきましょうね」

と作島さん。その言葉に、ミツさんの表情がぱっと明るくなる。

「いいわねえ。お弁当も持っていきましょう。ちらしずしはどうかしら」

「甘い卵焼きもいいですね」

作島さんがそう言うと、ミツさんはますます嬉しそうな顔をして、ご機嫌そうに握った手を振る。桜でんぶと絹さやを載せて、とちらしずしの具の話で盛り上がっているふたりは、本当の孫と祖母のようで見ていてほほえましい。

「なんでしょう?」

わたしの視線に気づいた作島さんが訊ねてきたので、今思ったそのままを伝える。作島さんが照れたように笑った。

「自分の祖母や祖父だと思って接しているんです。一番仲が良くて大好きだった祖母はもう、死んでしまったんですけど」

「それは失礼しました」

「あらかわいそう。みっちゃんのおばあさまをお貸ししましょうか」

そう言うミツさんに、優しいのね、と作島さんが答える。そうこうしているうちに、ゆうともりの家ひとつめに到着した。

と。

「バカヤロウ！」

大きな声がした。エントランスの脇で誰かが口論をしている。

「ふざけたこと言ってんじゃねえよ。そんな仕事、できるわけないだろ」

つかみかからんばかりに顔を相手に寄せているのは、履歴書の写真で見た男性だ。赤根順二さん。こちらに背中を向けているのは、守本施設長じゃないだろうか。

なにがあったのか確認したくて、でもミツさんの手を放すのはなんだかなと思っていたら、ミツさんから放していた。胸の前で両腕をきゅっと縮め、怯《おび》えたようすだ。

「だいじょうぶですよ、ミツさん。お庭のほうから回りましょうか」

笑顔の作島さんが声かけをして、ミツさんの肩を抱いている。ふたりは左手の方向に進んでいった。

わたしは言い争う男性ふたりのもとに駆け寄った。

「どうなさったんですか、いったい。入居者の方が怖がっていらっしゃいましたよ」

相手はやはり守本施設長だった。わたしの声に振り返る。

「朝倉さん。どうしてここに」

「なりゆきと申しますか、近くを歩いていたらこの間の方と会いまして」

　ああ、と守本施設長が、遠ざかっていくミツさんと作島さんに視線を投げる。表情がほっとしたのは、脱走したことを知っていたからだろう。

「見つかったのか。よかったじゃないか。けど俺にはとても、そんな仕事は無理だ。だいたい俺は、ここに料理人として雇われたんだろうが」

　赤根さんが言う。わたしは守本施設長を見つめた。

「お話、お伺いしてもいいでしょうか？」

「そうだ、ちょうどいい。朝倉さんからも言ってやってくださいよ。赤根さん、こちら社労士の朝倉先生。就業規則を作ってくれた人です。その新しい就業規則に書いてあったでしょう？　転勤や職務の変更もあり得ると。納得して受け取ったじゃないですか」

　守本施設長の言葉に、赤根さんが不快そうな表情をわたしに向けた。

「あれ、あんたが作ったのかよ」

「え？　あ、はい」

「騙《だま》すような真似《まね》してんじゃねえよ。どういうつもりだ」

「お話の内容がつかめないのですが、赤根さんは別の仕事を打診されているということですか？　なんのお仕事を？」

「介護だよ。さっきの作島とかがやってる仕事」

　赤根さんが苦々しそうな口調で言う。

「守本施設長、それはどうしてなんですか？」

わたしは訊ねる。

「うちが介護施設だからですよ。これからもうちで働くなら、どういう仕事なのか経験してもらわないと」

「わかってらあ、そのぐらい。五年以上ここで見てきたし、親父も嫁さんも俺が看取《みと》った。いまさら経験しろなんて、あんたに言われる筋合いはない」

そういえば、無職の期間に家族の看病をしていたという話だった。ここを職場に選んだ理由も、どこか納得する。

「仕事として行うのとは違いますよ。ともかく、来月からは介護職員ということでお願いします」

守本施設長が断言する。

「俺は腰が悪いんだよ。それは前から言ってるよな。無理だ」

「今の仕事だって立っている時間は長いし、大鍋や食材を扱ったりと、腰に負担がかかりますよね。違わないいんじゃないですか」

とそこで、守本施設長は施設に向けて入ってくる車へと目をやった。

「野菜の配送のトラック、来ましたよ。あれを待ってたんじゃありませんか？」

「くそっ。俺は納得してないからな」

赤根さんが悪態をつき、そのままトラックを追うように走っていく。

「申し訳ありません。朝倉さんにまで失礼な話し方を。あのあと言葉遣いには気をつけるよう注意したんですが、どうにも直りませんね」

守本施設長が頭を下げてくる。

「わたしでしたら平気です。それよりもう少し詳しい経緯を伺えますか？　たしかに転勤や職務の変更があることは条件に入れました。無期で働く人を同じ職場にずっと据え置くことは難しいからです。ただ、無期転換を申し出てすぐ異動させるというのは、辞めさせたいために行ったと取られかねません」

「まずいですか？」

「合理性を疑われます。調理職員ですし、未経験の介護職というのもどうかと」

「でも本人だって、ご家族の介護や看病をやっていたというじゃないですか」

ともかく腰を落ち着けて話を、ということで再びカンファレンスルームに行くことになった。正直、今日の残りの仕事はどうなるんだろう。

「赤根さんは現在五十七歳ですよね。新たに作った無期雇用労働者向けの就業規則では、定年は六十歳、再雇用で六十五歳までとなっています。あと七、八年です。ずっと料理を作ってきた方に、経験のために別のお仕事に就いていただくんですか？」

わたしは守本施設長に確認する。再雇用も、するかどうかはそのときの状況次第になるだろう。

守本施設長が難しい顔をする。

「先ほども言ったように、うちで仕事を続けるなら、介護の仕事は経験しておいてもらわないとと考えています。入居者の気持ちに、今まで以上に寄り添ってもらいたい。そうそう、研修の意味もある」

「だとしても急じゃないですか？　もう少し時間を置いたほうが、余計な勘繰《かんぐ》りを受けずにすみます」

「赤根がどこかに訴えるということですか？」

「それもありますが、無期転換を希望したものは異動させる、だから希望するなと、今の被雇用者に対する脅《おど》しになりかねません。ブラックな職場という噂《うわさ》が立つと、今後施設を増やす際に人が集まらなくなりますよ」

ふむ、と守本施設長は考え込む。

「だったらもう少しだけ待ちますかね。ただ……、正直に言いますが、赤根の粗野な部分というのは変わらないと思うんです。問題を起こす前に辞めてもらったほうがいい」

「ならば、入居者と直接関わる介護の仕事は、リスクが高いんじゃないでしょうか」

わざと問題を起こさせようとしてるんじゃ、と少し不安になった。いやいやまさか。

入居者を人質に取るようなことをするとは思えない。

「逆にショック療法で、思いやりを身につけてくれるかもしれません。弱い人を労《いた》わる気持ちはあるはずです。同僚だという甘えで、考えなくきつい物言いをするのかもしれない。改めて、朝倉さんへの失礼の段、すみませんでした」

「さっきは憤《いきどお》っていたせいもあると思いますが。そんなに粗野な方なんですか？」

以前あったという介護職員とのトラブルはどういったものだったのだろう。もう少し詳しい話をと水を向けてみると、守本施設長は内線電話をかけた。

「妻から説明させていただいたほうがいいかもしれない。今、呼びましたので」

「じゃあ泣かされたというのは」

「いや、あはは。うちの妻はそうそう泣かされたりしませんよ。私だっていつもやり込められている。そのとき両者から話を聞いたのが妻なんです。当施設の生活相談員をしています」

ほどなくノックの音が聞こえた。守本施設長と同世代ぐらいの女性が入ってくる。守本みどりです、と名乗られた。名刺にはケアマネージャーや社会福祉士などの肩書が載っている。彼女は入居者の状況に応じた支援計画を立て、入居者本人や家族、介護職員、提携医療施設やその他との調整役、橋渡しの役割を担っているそうだ。背筋をしゃんと伸ばしてきびきび動くようすは、見るからに調整役という雰囲気《ふんいき》だった。

半年ほど前だったという。

トイレで泣きじゃくっている女性の介護職員がいたそうだ。なかなか泣きやまないので、心配半分、早く仕事に戻るよう促したかったのが半分で、守本相談員が声をかけた。

「あたしが声をかける前から他の介護スタッフの子が、どうしたのって訊ねていたそうです。でも泣くばかりで返事がない。仕方なく、落ち着くまでと放っておいたと。ところがなかなか戻ってこないし、仕事は待ったなしでしょ。それで頼まれて、あたしがお尻を叩きに行ったんですよ」

「気持ちのコントロールが利かなくなっていたんですね」

「ええ。それほど泣き虫の子じゃないので、よっぽどのことが起きたのかと思い、根気よく訊ねてみたんです。そしたら泣きじゃくりながらやっと、『赤根さん』と。赤根さんがなにかしたのかと問い質《ただ》すと、『キツイことを言われた』って」

苦々しそうな表情を守本相談員は浮かべる。

「守本施設長にも確認しましたが、セクハラやパワハラではないのですね?」

「あたしもそれは気になったので訊ねました。違う、と言われたんですよ」

「具体的にはどんな言葉を受けたんでしょう」

「首を横に振って『個人的なことなので』と、それ以上は答えようとしないんです。そこまで聞きだすだけでも時間がかかったし、話をしたくなさそうだし、申し訳ないけどあたしも次の約束があってそれきりに。彼女も仕事に戻りました。だけど赤根さんには注意をしておくべきだと思って、あとで彼に話をしたんです。でも相手にしてもらえませんでした。ちょうど入居者の食事のことでやりあった直後だったし、あたしとはあまり相性がよくないんですよ」

「食事の連絡が遅れたり突然変わったりといったトラブルがある、というお話を、以前、守本施設長から伺いました。そういったことですか？」

そうです、と守本施設長と守本相談員がともにうなずく。――どちらも守本さんなのでややこしい。ふたり一緒のときは名前を略させていただこう。

「施設内で作ってるんだからもう少し融通を利かせてちょうだいと、何度も言い合いをしてるんですよ。『料理を知らないド素人《しろうと》が』と怒鳴られもしました。素人もなにも、あたしは主婦業もしてるんですけどね。それはあたしのことだからまあいいでしょう。でも、その注意をしたときも、覚えがないとか俺は江戸っ子なんだとか、しまいには泣くほうが悪いなどとうそぶくんですよ。数日経ってから、この間は悪かったなと謝ってきたのですが、結局口先だけなんでしょうね。もう変わりませんよ」

相談員がため息をついた。

「そんなことがあったんですか。で、その泣かされたという介護職員の方は、今もお仕事を続けていますか？」

「ええ。真面目にがんばっています」

相談員が応《こた》え、施設長が力強く笑った。

「朝倉さんもご存じの者ですよ。さっきの作島木綿子《ゆうこ》です」

5

「その後の赤根さんの態度や暴言の有無についても訊ねました。新たな問題は起きていないようです。言葉遣いは改められていないけど、周囲はもう慣れてしまっていると」

戻ってから所長にそう報告すると、苦笑された。

「朝倉さんは、またトラブルを引き当てたんですね。あなた、どうしていつも渦潮《うずしお》のなかに、ぽんと飛び込んでいくんでしょう」

「……決してそんなつもりは、ないのですが」

たしかに渦潮に巻き込まれがちだが、自分で飛び込んだわけじゃない。わたしを引き入れたのはミツさんだ。彼女が脱走しなければ、わたしの手を引かなければ、わたしはなにも知らずにいた。愛と守の会の無期転換ルールの案件は、既決の箱に入っていただろう。

でも、転勤や職務の変更を条件に入れたのは、本当に説明どおり、四軒目、五軒目を作る構想だったからなんだろうか。意図的に使おうと思えば使える条件だ。

「知った以上、目を瞑《つぶ》るわけには。介護施設って、サービスを提供する側とされる側がとても近いですよね。働く環境が悪くなることでサービスの質が悪くなったら、しわ寄せがいくのは入居者です。経営上のリスクにもなりかねないと思います」

わたしはミツさんしか知らないけれど、あの無邪気な笑顔が曇《くも》るようすは見たくない。

「じゃあ赤根さんを切り捨てたほうが、周囲の働く環境は悪くならないんじゃない？」

と口を挟んできたのは、丹羽さんだ。

「それはそうだけど、赤根さんのことが、今後の無期転換スタッフの悪《あ》しき前例になるのは避けたいです。赤根さんが怒って騒ぎたてないかも懸念《けねん》しています」

わたしの嘆きに、だったら、と所長が言う。

「無期転換になるスタッフは今までの仕事いかんにかかわらず介護の研修が必要で、たとえばその期間は半年である、といったルールを作り周知させてはどうです？　それなら赤根さんも納得するんじゃないかな。愛と守の会にしても、赤根さんに問題がないなら辞めさせる必要はないですよね。作島さんの件以降は、トラブルを起こしていないってことだし」

「はい」

トラブルは継続しているわけじゃない。なのに今なぜ、赤根さんを辞めさせたいのか。無期転換のスタッフを持ちたくないというのはわかるけど、どうしてもっと早く辞めさせなかったのか。——疑問だ。

「それじゃあ僕は約束があるので」

と所長が慌《あわ》ただしく、クライアント先に出かけていった。素子さんはこれから戻ってくる予定で、丹羽さんはそろそろ終業時刻だ。いつものように、やっていた仕事をそのままデスクの引き出しにざくっと入れ、通勤用の鞄《かばん》を出している。

「お疲れさまです。丹羽さん、お財布忘れてませんよね」

「あはは。ヒヨコちゃんに言われちゃったよ。だいじょうぶ。中身も夕食の買いだしができるぐらいにはある。つまりここに戻ってこないよ。書類仕事、ズレこんじゃったんでしょ。今日中に終われる？」

丹羽さんが豪快に笑いつつも、気遣ってくれる。一年前、いろいろ助けてもらったのだ。

「慣れたものですよ。成長してるんですから、ヒヨコから」

「雛鳥にね」

……ん？　そのふたつって違わないんじゃ？

鞄を肩に帰りかけた丹羽さんが、ふと足を止めて訊ねてきた。

「ひとつ質問があるんだけどさ。作島さんって子は、どういう人？」

「介護職員のひとりです。念のため履歴書を確認しました。年齢は二十五歳。介護福祉士の資格は持っていますが、非正規社員です。介護職員として最初に勤めたのが『ゆうともりの家ひとつめ』で、この春でちょうど、勤続一年」

「ふうん、で、赤根さんはワルモノなの？」

「わるもの？」

「だってヒヨコちゃんもその守本施設長も、赤根さんが困った人みたいに言ってるから」

なにかを突きつけられた気がした。

「責めてるんじゃないよ。でもあたしってほら、斜めに見るところあるから、気になっただけ。赤根さん、悪気はないんだろうって」

「……あ、はい。悪い人というより言葉が荒い人というのが、だいたいの評価です。ただ、その言葉で傷つけられた人もいるわけです。パワハラにも発展しかねないので、そこは改めていただかないと」

「作島さんは今も許してない感じ？」

今日の彼女のようすを思い出してみる。赤根さんの怒声を聞いたとき、これといった反応はしていなかった。ただただミツさんを怖がらせないようにしていた。

「心の中まではわからないけど、気にしてなさそうでした」

「じゃあ赤根さんに関して、周囲はほぼ無関心ってことだよね。なんで今さら問題にしてるの？　半年も前の話を持ち出して」

「そう！　そこ、わたしも気になってるんです。暴言を理由に辞めさせるならそのときに、ですよねえ」

丹羽さんが肩をすくめる。

「ヒヨコちゃんも派遣社員だったし、あたしもパートっていう不安定な立場だよね。だいたい想像つかない？　辞めさせたい理由」

「わかったんですか？　丹羽さん。教えてくださいよ」

ふふふ、と丹羽さんが笑った。

「辞めさせたいから辞めさせたい」

「……禅問答ですか？」

「違う違う。まず、辞めさせたいというのが先にあって、本人に責がある理由を、過去から持ち込んでいるだけってこと」

たしかに、と納得する。でも。

「その、施設側が辞めさせたいとする、根本の事情が知りたいんですが」

「それはヒヨコちゃんが考えてねー、ってわけで、帰るわ」

ええええー。もやもやだけ与えて、放置ですか！

と叫んだが、丹羽さんは本当に帰っていった。

わたしも愛と守の会ばかりに関わっていられない。今日中に終わらせなくてはいけない書類を引き寄せる。キーボードを叩き、一件終え、次の一件、と進めながらも、また考え込んでしまう。

誰かを辞めさせたい、その理由。事情。

愛と守の会のデータを、モニターに呼びだした。

人員削減。それが人を辞めさせたい最大の理由だろう。だけど四軒目、五軒目の施設を作りたいというのだから、単純には当てはまらない。

じゃあなんだろう。

赤根さんに作島さんとのトラブルはあったけれど、それは半年も前のことだ。その後の問題はないから、契約も更新されている。二度も。

二度？　そういえば契約更新は、二度されている。調理職員の契約は、三ヵ月ごと。介護職員は一年ごと。なぜ契約期間が介護職員とそんなに違うんだろう。守本施設長は、介護職員を囲い込むためだと言っていたけれど。

わたしが派遣社員だったときの契約も、三ヵ月ごとの更新が多かった。建前上、派遣はあくまで臨時雇いだからだ。そうはいっても一度派遣に任せた仕事が正社員の仕事に戻ることは少なく、わたしのあとも別の派遣にチェンジするだけ。ただ、クビが切りやすいから三ヵ月ごと。

赤根さんの後釜を、誰か別の人にしたいとか？　たとえば守本施設長の知り合いに、別のホテルレストランで働いていた人がいるとか。

……駄目だな。

そういう人がいるなら、ゆうともりの家ふたつめやみっつめに行ってもらえばいい。介護施設を選ぶサイトにもそう宣伝できる。

そう。赤根さんは施設の格を上げている人でもある。彼が辞めたら「ホテルレストランに在籍していたスタッフです」なんて説明もできなくなる。

わたしは赤根さんの人事資料を、過去へ過去へとさかのぼっていった。

「あれ？　一年半前の雇用契約は半年ごとになってる」

問題を起こしたわけではなさそうだ。時給がわずかながらその前よりアップしている。それ以前の契約も半年。他の調理職員も確認したところ、全員、一年くらい前の時期から、半年ごとだった雇用契約が三ヵ月ごとに変わっていた。

ということは個人の問題じゃなくて……

もしかしたらと思いながら、愛と守の会とは別の施設を確認してみる。さらに別、またさらに別、とたどっていく。介護職員のブログも見つけた。日々のあれこれが綴《つづ》られている。

少し、気になることがあった。

6

わたしは愛と守の会に、訪問の約束をとりつけた。申し出はすんなり受けられ、赤根さんを納得させてほしい、と守本施設長にも頼まれる。

守本施設長との約束の時間より早く、ゆうともりの家ひとつめを訪ねた。受付のインターフォンで、こう訊ねてみる。

「先にミツさんに面会したいのですが、何号室でしょう」

しばしの間があってから、返事がくる。

「ミツさんとは――」

わたしは満足して、施設に足を踏み入れた。作島さんにも訊《き》きたいことがあったけど、ミツさんだけの担当というわけではないし、見つからない。

そのままミツさんにお土産《みやげ》のプリザーブドフラワーを届けにいった。花を見たとたん、ミツさんは破顔した。その後もなかなか放してくれなかったけれど、用が済んだらまた来ると言うと、ご用がんばってねと送り出してくれた。

うん。がんばらないと。赤根さんの雇用を守ることは、愛と守の会を守ることにもつながるはず。

カンファレンスルームには守本施設長だけでなく、守本相談員もいた。彼女は正面ではなく、脇に座っている。

「調整役として、今後の参考に同席させてください」

笑顔でそう言われた。わたしはうなずく。

「では、なにかあったらおっしゃってください。まず赤根さんに、介護の仕事を研修として体験していただく件ですが、どのくらいの期間を予定されていますか?」

「まだ具体的には考えてなくて」

施設長が答える。

「その間、調理室はどうやって回すんでしょう」

「朝倉さん、そこはやまだ社労士事務所さんとは関係のないことですよ。どう回すかというのは経営的なものです。人の管理の問題ではありません」

「調理室に人がいらなくなるから、ですか?」

と言ったとたん、施設長の表情が固まった。相談員からの視線も感じる。

「一年ぐらい前から、半年ごとだった調理職員の契約期間が三ヵ月ごとに変わっていますね。介護付有料老人ホームでは、必ずいなくてはいけない職種や人数が決まっているんですね。たとえば看護師とか機能訓練指導員だとか、看護・介護職員は要介護者三人に対し一人以上だとか。だけど調理職員は、いなくてはいけない職種に該当しません。契約期間の変更は、雇用を終わらせるための準備だったんですね？」

施設長と相談員が目線を交わした。口を開いたのは、施設長だ。

「……気づかれたんですね」

「はい。単純に、人を入れ替えやすくするための変更とも思いましたが、この一年での入退社はありませんでした。入れ替えるのは、人ではなく食事ではないですか？　食事を、介護専門の給食を扱う委託業者のものに換えるのでは。他の施設を見るに、そういうところは多いようです」

「いろいろと、費用がかさむものですから」

「どこを削るかという話ですよね。介護の質を落とすわけにはいかない。食事だって、サービスのひとつなので落としたくはない。でも、元ホテルレストランで働いていた赤根さんを持つこちらの施設、ひとつめも、持たないふたつめとみっつめも、入居者の満足度評価は同様に高い。だったら赤根さんでなくてもいい、いっそ直営でなくてもいいのかもしれない、それがコストダウンになるならと——」

わたしの言葉を、施設長が手をかざして止める。

「委託業者は入れるが、施設内で調理をし、温かい食事をお出しします。入居者への個別対応は変わらないし、専門業者なのでよりいいものが用意できる。準備に一年もの時間をかけたのは、評価が高い業者を探していたからですよ。なので、直営ではない、などと軽々しく言ってほしくない」

それを直営と言い切っていいんだろうか。サイトへの記述も、直営という部分は残すんだろうか。そこに口を出すわけにもいかないので、わたしは疑問を隠して、頭を下げた。

「失礼しました。でもそこまで準備をしていたのに、どうして赤根さんに、無期転換になる前に辞めていただかなかったのでしょう」

施設長が苦笑する。

「そこを甘く見ていたというのもあるけど、第一候補の委託業者との契約が、直前で駄目になってしまったんです。予算的に折り合わなくなって。それから、ゆうともりの家の入居者に続けて退所者が出てしまってね」

「それは、お亡くなりに？」

「ありていに言えば。空室には新しい方に入っていただかないといけない。元ホテルレストラン勤務の赤根がいるひとつめのほうが、ふたつめみっつめより問い合わせが多かった。それを理由として入居を決めた人もいました」

それは、赤根さんを利用しているということだ。使い勝手よくギリギリまで働かせ、用が無くなれば過去から理由を持ってきてクビを切るなんて、あまりにもひどい。と、これは表情に出てしまったのだろう。施設長が畳《たた》みかけてくる。

「タイミングの問題です。第二候補の委託業者とは、無事に契約に至りました。赤根だって、もう六十手前だ。ずっと雇い続けるわけにもいかない」

「……だけどそれを理由として入居した方がいたんでしょう？」

「理由としていたのはご家族です。ご本人は、なにをお出ししても美味しいとおっしゃっていますよ。確かめました」

それは赤根さんの料理だからこそかもしれないじゃない。お年寄りのほうが、一度慣れた味にこだわるんじゃないだろうか。

「というわけで、食事についてはもう決まったことです。経営上の判断です。赤根に調理職員として残ってもらうことはできない。介護職員でどうか、というのは、こちらからの救済策ですよ」

他の調理職員は、委託切り替え後の契約期間満了をもって辞めてもらうという。それまでに無期雇用のタイミングを迎える人はいない。

「方針はわかりました。赤根さんには、委託業者を入れるという予定も合わせて説明し、納得してもらいましょう」

「待ってください、朝倉さん。委託の話は伏せておいてください」

「どういうことですか？」

「委託になるのは約三ヵ月後、七月からです。それまでの間に調理職員に辞められたら、入居者に迷惑がかかる」

それはたしかに困るだろう。だがずるい。

わたしはだんだん腹が立ってきた。いや、腹はだいぶ前から立っている。抑える力が利かなくなりつつある。

「赤根さんに、その委託切り替えより先に介護の仕事を勧めたのは、辞めてもらいたいからですか？」

「それもありますし、赤根はあれでも仲間うちで慕《した》われているので、他の調理職員を扇《せん》動《どう》されては困りますからね」

リーダー的な存在とは聞いていたが、扇動って。

そのとき、机がバン、と鳴った。

「黙って聞いてたら、いつまでもごちゃごちゃと！」

相談員が、腰を浮かせていた。

「要らない人は要らない！　それだけです。あなた、いえ、施設長。もっとはっきり言ってやってください。朝倉さんもうちの社労士なんですから、会社の利益を考えて、スムーズに赤根を辞めさせる方法を考えてください」

　きっぱりと、相談員が言い放つ。頰《ほお》に赤みが差し、目も爛々《らんらん》としていた。

　そうだ、守本相談員。彼女は代表者の息子の妻、経営側の人間だった。――ただ。

「調理職員の仕事がなくなるから不要だというなら、無期転換になる前に決断すべきでした。すでに五年が経過しています。無期転換逃《のが》れを問われる恐れもあり、赤根さんを辞めさせることのほうが会社の利益に反します」

　わたしもきっぱり言わせてもらう。施設長が曖昧《あいまい》ながらもうなずいた。

「私は、その話は理解しています。だから彼に介護の仕事ができるならば、と」

「あたしは反対ですって何度も言ったわよね」

　きっ、と相談員が怖い顔で施設長を睨《にら》む。施設長は身を縮めた。

　力関係がよくわかる構図だった。赤根さんをより積極的に辞めさせたいのは、相談員のほうなのだ。

「介護職員を泣かせるような人ですよ。ケアサービスの心なんて持てるとは思えません。個人的にも、ああいう粗野な人にはいてほしくありません」

　相談員が不快そうに吐き捨てた。

「作島さんが泣かされたのは半年前でしたよね。今になってそれを理由になさるんですか？」

「ルール上処分できないと？　でもこの先、同じことをしない保証なんてないでしょっ」

それなんですけど、とわたしは切りだす。

「作島さんを泣かせたのは、本当に赤根さんだったんでしょうか」

ぽかんとした顔を、ふたりはわたしに向ける。

「なにを言っているの？」

わたしはゆっくりと、発音する。

「――茜《あかね》」

「え？」

「半年前に入居していて認知症を患っている女性のなかに、茜さんというお名前の方はいらっしゃいませんでしたか？　ひらがなかもしれません」

作島さんには会えなかったので、賭けだ。だが施設長と相談員は、顔を見合わせていた。施設長が先に口を開く。

「いました。ええ、以前は。カワヅさん。河津茜さん。癌《がん》が再発して、ここを出て専門のホスピスに移られました。……そう、たしか、半年ほど前に」

「で、でも我々は、基本的に苗字《みょうじ》で入居者の方を把握管理し、呼びかけもそう心がけています。相手は年上の方ですから子供扱いは失礼だと教育しています。おじいちゃんとかおばあちゃんとか、そういう曖昧な言い方もしません」

相談員が首を横に振る。

「基本的に、ですよね。認知症にもいろいろあると思いますが、たとえば自分が十歳の少女という認識の方は、結婚後の苗字がわからない。河津さんとして管理されていても、そばで呼びかけるときは、お名前の茜さんのほうでないと、反応してくれないのではないでしょうか？」

介護施設のサイトを巡っていて読んだブログに、似たようなケースがあったのだ。入居している認知症の女性が、現在の、結婚後の苗字がわからないため返事をしないという。旧姓にならなら反応するのでスタッフがそう呼ぶようにしていたら、家族が耳にして認知症の進み具合にショックを受けてしまったと。

わたしの問いに、施設長が「ああ」と、小さな声をあげる。

「ミツさんもそうですよね。波多野《はたの》充《みつ》さん。作島さんがミツさんと呼んでいたので、受付でそのお名前を出して部屋番号を訊ねたところ、応対してくれた方に戸惑われてしまいました」

相談員が机にひじをついて、その手で顔を覆《おお》う。

「作島さんは、河津さんに対してもお名前の茜さんのほうで呼んでいたんでしょう。一方、当時、介護職員は食事連絡のことで調理職員の赤根さんと何度もトラブっていた。

そのため守本相談員も、作島さんが泣いたのはその件だと思われたのではないですか?」

ああもう、と相談員が事務室への扉を開ける。

「ちょっと誰か。作島さんを呼んできて!」


急に連れてこられた作島さんは、落ち着かなげだった。さきほどの話をすると、そうです、すみませんでした、とうなずいた。

相談員が声を上げた。眉尻《まゆじり》も上がっている。

「もっとはっきり言ってもらわないと困るでしょう! なにが『アカネさん』に『キツイことを』よ。なにが『個人的なこと』よ。誤解したまま赤根さんを責めてしまったじゃない! 赤根さんも赤根さんで、最終的には謝ってくるし。ってどうして謝るのよ、もう」

早口でまくしたて、絵に描いたようにわかりやすく怒る相談員。

その剣幕で責められたら赤根さんも、適当にでも謝っておいたほうが早いと思ったんじゃないだろうか。……とは言わなかったけれど。

「結局、そのときになにがあったんですか? 覚えている範囲で教えてもらえますか?」

わたしは作島さんに訊ねる。

「すみませんでした。……えっと。河津さんの癌が再発しました、よね。それ、うちの祖母と同じ癌だったんです。私、その日は担当じゃなかったんですが慰《なぐさ》めようと思って、だいじょうぶですよ、またここに戻ってこられますよって言いました。祖母の癌は高齢が幸いして進行が遅かったので、その話もしました。河津さんも祖母と同じく八十歳を越えたばかりだったので。でもそれが逆鱗《げきりん》に触れてしまいました。だったらあたしは早く死ぬって言いたいの、って。河津さんは自分を老人だと思っていないのだから、怒りますよね」

「そうかもしれないわね」

相談員が呆れたようなため息をつく。

「祖母を侮辱《ぶじょく》するようなことも言われたし、自分は気遣ったつもりだったのにひどい、って泣けてきて。でも泣いているうちにだんだん、河津さんを傷つけてしまったことに気づいて恥ずかしくなってきました。自分が情けなくて、泣きやむことができなくなってしまったんです」

「そういうのを、そのとき全部言ってくれればよかったのに」

施設長が、慰めるように言う。

「説明すると、いっそう涙が止まらなくなりそうだったんです。私の不用意な発言を、責められるかもしれないと思ったし」

「つまり怖かったわけだね」

「……怖かったって、それ、あたしがってこと？　失礼だわ」

施設長の指摘に、相談員がむくれる。

「まだ勤めて半年で、いっぱいいっぱいだったんですね」

わたしはフォローする。作島さんの気持ちはわかる。責任の重い仕事、空回り、突然足元に開いている穴、襲ってくる自己嫌悪。わたしも何度も渦潮に巻き込まれ、必死に泳ぎきろうとしてきた。

「それで、調理職員の赤根だと勘違いされてるのをいいことに、口を噤《つぐ》んでいたの？」

相談員が作島さんに問う。

「いいえ。赤根さんが責められてるとわかったので、事情を話して謝りました。本当のことを話しますと言ったんですが、赤根さんは、面倒くさいからそのままでいいって」

「じゃあ……、赤根さんが途中から自分が悪いと認めて、適当ながらも謝ってきたのは」

「作島さんを庇《かば》ってたってことか？　結果的に、河津さんのことも」

相談員と施設長が、続けて言う。

「赤根さんは親分肌だという話でしたね。本当に、面倒くさかったからかもしれませんが」

わたしの言葉に、はああ、とふたりは同時にため息をついた。

「本当にすみませんでした。……でもどうして、今ごろになってこの話を？」

作島さんが不思議そうに訊ねてくる。この件が、今になって赤根さんを追いつめているとは気づいていないようだ。

施設長と相談員が目配せをする。作島さんに告げるわけにはいかない話だ。

「少し確認したかっただけなんだ。突然呼びだして悪かったね。もういいですよ。あと、責めたりしないから、メンタルにこないよう、愚痴《ぐち》でも失敗でも相談してくださいね」

施設長がそう言い、作島さんが戸惑いながら仕事に戻っていく。

ふたりはわたしに目を向け、少し待っていてください、と小声で相談しはじめた。わたしはやっと、供されたお茶をすすった。

ほどなく、相談員が口を開く。

「あたしたちが誤解していたとよくわかりました。赤根さんを処分せずに済んで、今は、よかったと思います。だけどそれでも、調理職員として残ってもらうというのは、現実として無理なんです」

「彼のために、委託業者との契約を反故《ほご》にするわけにはいかない」

施設長の言葉に、わたしもうなずいた。

「赤根さんは腰が痛いと言っていました。介護の仕事は腰に負担がかかりますし、他に、任せられる仕事はないのでしょうか。たとえばですが――」

7

「それで、運転手に？」

丹羽さんが訊ねてくる。

「施設から病院への送り迎えや、単に入居者が遊びに出るときもあって、意外と仕事はあるんです。あの中でどんな仕事があるのか、必死で考えた結果です」

わたしが答えるも、丹羽さんは首をひねる。

「根本解決になってないじゃん。料理人なんでしょ？　委託業者のほうに就職を斡旋《あっせん》して、そこから派遣してもらうとかのほうがいいんじゃない？」

「それは真っ先に提案しましたよ」

わたしはつい、頬を膨《ふく》らませた。そのくらいの知恵はある。

「駄目だったの？」

「赤根さん本人に拒否されました。レンジでチンして出すようなメシなど作れるか、って。業務用のごはんって、焼き魚まで冷凍のビニールパッケージなんですね。煮魚じゃなく焼き魚なのに」

丹羽さんが爆笑した。デスクの向こう、素子さんも電卓を叩きながら肩を震わせている。

「認識、甘すぎ。今、レンチンものってなんでもあるんだよ」

「それ、赤根さんにも言われました。で、施設に残るならってことで出た妥協策が運転手です」

「運転手でも、お年寄りの身体を支えたりするんじゃない？」

「多少なら平気だそうですよ。それに、こっそり教えてもらいました。職を失うわけにはいかないから、とりあえず妥協案を呑むけど、他も探すって。六十五歳以降も働けるところを、だそうです。六十五以降も、とはタフですよね」

そおお？　と言って、丹羽さんが所長の席を見やる。所長はまだ戻ってきていない。

「所長だってそんな歳で引退しようなんて、考えてないと思うよ。所長のお父さんも、仕事を譲りながらも七十ぐらいまではここに来てたっていうし」

七十歳。そんな先まで働くんだろうかと考えるも、想像が追いつかない。だけどわたしのころには、定年も延びそうだと聞く。

「じゃあ当分、ここ、変わらなそうですね」

「あたしは所長の次の代まではいないと思うけど、ヒヨコちゃんはいるかもね。それで若い子を、ビシバシ鍛えてるの」

「言っときますけど、そのときはわたし、ヒヨコじゃなくてクジャクですからね」

「孔雀？　似合わなーい。あ、やばいやばい、時間。あたしは帰るね」

丹羽さんがばたばたと帰ったあと、それまで黙って仕事をしていた素子さんが、手を止めて訊ねてくる。

「ねえ雛子ちゃん、仕事が増えてもいい？」

「はい。だいじょうぶですが、どうかしたんですか？」

まさか所長、丹羽さんの話とは違って、仕事をセーブしたいとか？

「丹羽さんのことなんだけど」

「え？　辞めませんよね？」

ゆっくりと、素子さんは首を横に振った。

「逆よ、逆。丹羽さんが無期雇用になったでしょう。でも時間の制限があると、結局、お給料もたいして増やせなくて、ジレンマなのよね。だから扶養家族の枠から外れてもらえないか打診してるの。終日で働けば、税金と保険で持っていかれる分を賄《まかな》えるでしょ。うちもそれに応えて時給をアップする。ただそのためには事務所全体の収益を増やさないといけないから、営業をかけてクライアントを増やす方向で考えているの。そう決まったらよろしくね」

変化はいつだってやってくる。

丹羽さんが終日事務所にいる情景はまるで、とそこで思いだした。ショッキングピンクの、目を惹《ひ》く豪快な花。丹羽さんは、一気に花開くツツジのように力強いイメージだ。

社会人六年目の春が、鮮《あざ》やかに深まっていく。

きみの正義は

1

「遅くなってごめんなさい。娘の学童保育と上の息子の部活でバタついちゃって」

午前十時に、丹羽《にわ》さんがやまだ社労士事務所に汗だくで駆けこんできた。

去年までの丹羽さんなら、まったく遅くない。だが丹羽さんは春から扶養控除内の勤務という枠を外《はず》し、仕事の時間が延びた。たっぷり働いてたっぷり稼ぎますよ、というわけだ。

「だいじょうぶよ。夏休みはどうしても突発事項があるよね」

素子《もとこ》さんが電卓を叩きながら応じる。そのあたりは融通の利《き》く職場だ。

「それそれ。夏休み初日から、早く二学期になってほしいと思った。うちの区の学童は六年生まで預かってくれるから恵まれているけど」

丹羽さんの娘さんは小学五年生だ。娘さんのことも理由のひとつになって、丹羽さんは扶養の枠を外す決心をした。そう、中学受験だ。

まだ迷ってるんだよね、とファイルをうちわ代わりにしながら、丹羽さんが言う。

「上の息子は公立だから高校受験があるじゃない。中学受験が加わるとダブル。そんな予定じゃなかったのに、友だちとか周囲の雰囲気《ふんいき》で娘も行きたいとか言いだして。まいるわー」

かかる費用が半端じゃないらしい。だけど、と素子さんが別の見方を示す。

「三歳違いでしょ。なら、次は大学受験と高校受験がダブルになるし、中高一貫に入ったほうが楽という考え方もあるわよ」

それもわかるんだよねえ、と丹羽さんがうなずく。雛子《ひなこ》ちゃんはどう思う？　と素子さんに話を振られたけれど、どうなんでしょう、と曖昧《あいまい》な笑顔で応《こた》えた。

地方出身で高校まで公立だったわたしには、下手《へた》な口など挟めない。なにかにつけて首を突っこむと言われるけれど、それは仕事だからだ。わきまえるところはわきまえて、安全に生きよう。

というわけで、わたしは資料を揃《そろ》え、そそくさと事務所を出ようとした。

待ってよヒヨコちゃん、と丹羽さんから声がかかる。

「今日行くところって、王進《おうしん》ゼミナールだよね。中学受験コースのパンフもらってきて」

王進ゼミナールは、都内に複数の教室を持つ学習塾だ。今日は本部校の事務所に赴く。

「わかりました。でも志望校や受講を希望する教科によって違うんじゃないですか？　ネットで頼んだほうが、ぴったりのがきません？」

「それだと営業の電話やメールが来るでしょ。うっとうしいの。参考にしたいだけなのに、食らいついたら最後、離してくれないんだから」

丹羽さんが、げんなりした顔になる。

ちなみに丹羽さん、最近の仕事のひとつに営業の電話がある。山田所長が行ったセミナーでのアンケートや、事務所のサイトの問い合わせフォームの質問から、新規クライアントを見つけるのだ。つまりは、どこの事業所も似たようなことをしているというわけ。王進ゼミナールからの依頼も、サイトへの問い合わせがきっかけだった。

「全部載《の》せで、よろしく！」

ラーメンの具のような注文とともに、わたしは送りだされた。

2

王進ゼミナールの本部校は最寄駅から徒歩三分、五階建ての貸しビルにあった。一階に事務室と塾生が自由に過ごせるラウンジが、二、三階にパーティションで分かれた教室があるという。生徒数名に対して講師がひとり付く、少人数指導のスタイルだそうだ。駅に近いという教室の立地の良さと、丁寧《ていねい》な指導が評判になって、ここ数年で急成長している。世の中は少子化だけど、その分、教育にお金をかけたい親も多いのだ。

受付カウンターで、やまだ社労士事務所の朝倉《あさくら》雛子ですと名乗って案内を乞《こ》うと、ラウンジの奥にある面談室に通された。

「子供たちひとりひとりに合った指導をということで、授業の時間外でも先生に質問ができるんです。スマートフォンのメッセージのやりとりでね。ただ、時間外労働だという声が、先生の側から上がりまして。どうなんでしょう」

本部校の塾長であり、王進ゼミナールの事務も統括する事務長の福見《ふくみ》さんが苦笑する。名刺交換の際に、大福先生と呼ばれていますと、色白でふくよかな顔をニコニコさせた。下のお名前は貴大《たかひろ》さん。その呼び名は名前から採られたのか、見かけからなのか。突っこみ待ちかもと勘繰《かんぐ》ったが、訊《たず》ねるのはやめておいた。歳は四十代あたりだ。

「先生、つまり講師の方と雇用契約を結んでいるなら、労働した時間すべてにその対価が発生します。それとも業務委託契約ですか？」

念のために、とわたしは質問する。

「契約？　えーっと、彼らはアルバイトなんですが」

「講師代を、時給なり日給なりで支払う雇用契約を結んでいるなら、その方はアルバイトでも正社員でも、労働者なんです。授業の時間内、時間外にかかわらず、働いた時間に対するお支払いが必要です。一方、業務委託契約というのは、ある業務を遂行することに対していくら支払う、というものです。たとえば生徒さんをひとり受け持っていくら、というような。その場合は労働者という扱いにはならないんです」

「労働者じゃないなら、なんなんですか?」

「仕事を任せた相手、いわば外注先ですね。仕事の単位が時間ではないので、調べものや質問対応といった仕事をしても時間外労働にはならないんです。とある生徒さんを教えるという、遂行すべきひとつの業務に付随するものなので」

あー、と福見事務長が天井を見て、うーん、とうつむく。

「時給で払ってるから、多分、雇用契約になりますね。ということは時間外労働は発生するということなのか。しまったなあ、もっと早く知っていれば。いや、今からでも業務委託契約に切り替えられませんかね」

「いえ。業務委託契約、イコール、人件費を抑える手段というふうに、単純に考えないほうがいいですよ」

どういうことなのと、福見事務長が、顔とシャツの間で見えなくなっている首を傾げる。

「業務委託とは、仕事を相手にお任せするということです。相手との関係は対等です。けれど契約の形式にかかわらず、相手が御社に使用されている、と認められれば、その人は労働者になります。これを使用従属性といいます。具体的には、仕事の指揮命令を拒否できないとか、報酬が仕事の成果ではなくて働いたこと自体への対価であるとか、勤務場所や勤務時間が拘束されているとか、就業規則や服務規律があるとか。実態はどちらなのかというのが大事で、この違いが学生アルバイトで問題にもなりました」

「問題？」

「知識のない学生に業務委託契約を結ばせておいて、実態は労働者と認められる働かせ方をしているケースがあるんです。ブラックバイトのひとつとされています」

とある外食産業で裁判が起きている。また、学習塾や派遣型家庭教師の界隈《かいわい》でも問題になり、厚生労働省が文部科学省と連携して、学生アルバイトの労働条件について業界団体に要請文書を出したことがあった。学生でなくても実態は労働者となるケースも見受けられるものの、フリーの講師業の人もいるし、合格請け負い人のような有名人もいるし、いずれも一概には言えないけれど。

「なんか聞いたことがあるような……。たしかにうちは大学生の先生がほとんどです。今は夏休みなので、まず夏期講習の要員として呼んで、優秀な先生には残ってもらうよう依頼しています。ただなかなか確保も難しくてね。と、その話は脇道ですね。時間外労働の件でした」

ですね、とわたしも元の話に戻る。

「お話を伺《うかが》う限り、労働者にあたるようなので、授業の準備時間も質問に答える時間も労働時間です。今お支払いしていないのなら、時間を把握して、払う方向に持っていくべきでしょうね」

「その把握が大変そうで」

「スマホのメッセージにタイムスタンプがつきませんか？　そこからわかるのではないでしょうか」

「読んで、考えて、答えて、が連続していればいいんですが、間が飛ぶこともあるでしょう。質問というより雑談をする生徒もいるんですよ。でも無視するわけにはね。それを仕事として扱うのもどうかと」

難しい問題だ。だが雑談であっても返事をするよう指示しているなら、仕事になるだろう。節度を持って会話を交わしうまく終了させてください、と頼んでもらうしかないが、学生アルバイトにそこまで要求するのもどうかという気がする。仕事として彼らに求められているのは勉強を教えることであり、友人になることではない。

というようなことを説明すると、福見事務長はしみじみとうなずいた。

「ですよねえ。ただ、人が相手だから、定規で線を引くようにはね。親しみやすい先生に人気は集まるもので、生徒も受講を継続してくれる。先生も頼りにされていると思って、仕事を続けてくれる。生徒、つまりお客と働き手の両方が、教室を増やしていきたい今の王進ゼミナールには必要なんです」

さっきもそんな話になりかけた。とすれば、切り口はそこかもしれない。

「働いた分がちゃんと給与に結びつくバイト先だというアピールをするのも、働き手を増やす方法のひとつかもしれませんよ。学生の口コミ力やSNSの拡散力は、なかなかですから」

「SNSか。あれは怖いですよね」

「いい方向に利用すればだいじょうぶですよ。講師からの自己申請プラス質問のメッセージ画面を添付という形で、まずは実態を把握しませんか？　齟齬《そご》や問題があればその都度《つど》修正して。講師の皆さんの声に耳を傾けていますという姿勢を示すことも大事です」

「うーん、そうするしかないか」

「……もしかして、労働条件の書面での明示や、就業規則の周知もされてなかったりしますか？」

よくよく訊《き》くと、就業規則を作っていないという。常時十人以上の労働者を使用する場合、就業規則を定めなくてはいけないのだが、講師はアルバイトだし入れ替わりも多いとあって、数に含まれないものと思っていたようだ。雇用形態が違っても、入退社が頻繁《ひんぱん》でも、常に十人以上いるなら必要だ。

それを説明して作成をうながすと、いっそう忙しくなりますね、と福見事務長がため息をついた。


学校のチャイムに似た音が、天井近くのスピーカーから聞こえた。まさにチャイム、授業のコマの区切りだという。面談室の外が騒がしくなった。男性の声も女性の声も、心なしか高い。

「一時間半ごとに、だいたいこんな感じになります。夏休みだから小学生も昼間に来ていて、授業時間も短いから、もっと頻繁でしょうか」

「中学受験のコースもあるんですね」

と話題を振って、知人が興味を持っているためパンフレットをもらえないかとお願いした。面談室は次の予定があるというので、ラウンジで立って待つ。

目の前に広がる光景は、華やかなカオスだ。

十代半ばの子を狭い空間で大量に目にする機会は、今や滅多にない。制服の子も私服の子も、つつきあって笑って手を振って、あっちに動いたりこっちに来たり。十年少し前にはわたしも彼らのひとりだったはずだけど、目まぐるしすぎてついていけない。

事務室側も賑《にぎ》やかだ。講師たちは生徒と数歳しか違わない大学生が中心らしく、テキストを真ん中にあちこちで輪になり、カウンターを挟んで生徒と話を交わし、こちらも大混雑だ。

ふと、金髪で背の高い男性に目を惹《ひ》かれた。流暢《りゅうちょう》な英語が聞こえたので外国人かと思ったが顔立ちはアジア系、よく見ると髪の根元が黒い。ボーダーのインナーにテーラードジャケットを羽織っている。お洒落《しゃれ》大学生のようだ。

事務室内で集まって語らう彼らの声が、耳に入ってくる。

「日本ならではのグリーティングカード？　わかんない。歌舞伎とかお相撲とか？」

「忍者じゃねえの？　アメリカでは人気あるって聞くし」

取り囲む男女が、楽しげに候補を挙げている。金髪の男性がひとさし指を掲《かか》げた。

「greeting card. 絵柄はとりあえず置いておこう。グリーティングの意味は？」

「挨拶《あいさつ》だろ」

「そ。挨拶のカード。欧米というかキリスト教信者の間ではクリスマスカードが行き交うし、アメリカでは誕生日祝いのカードも多い。というわけで日本ではなに？」

なるほど、とわたしは正解がわかった。

同僚らしき女性が声を上げる。

「年賀状だ！」

「えー？　今どき出さないだろ。『あけおめ』も『誕生日おめ』もスマホのメッセージばっかだし」

「その傾向はアメリカでもあるよ。だけどカードは沢山《たくさん》売られてるし、日本から送られてきた年賀状は珍しいって、見せたらウケたよ。忍者はなかったけど、日本らしい絵柄のものがファンタスティックだそうだ。富士山とか動物とか。それを話題にいろんなレクチャーもしたんだ」

「富士山なんておばあちゃんの年賀状じゃん。うーん、生徒へのネタ話として使えるかなあ」

女性が笑った。

「おばあちゃんだって？　日本に行くならここ、って場所のひとつなんだけどなあ」

金髪の男性が不満そうにする。そういえば、富士山には海外からの登山客も多いという話を聞いたことがある。だけどおばあちゃんの年賀状というのも納得する、とつい顔がにやけてしまった。

「朝倉先生、なにか面白いことでも？」

背後から、福見事務長に声をかけられた。

「いえ。あちらの会話が聞こえてきたので。あの金髪の男性は、帰国子女の方ですか？」

「ああ、瀬尾武《せおたける》先生。そうですよ、大学三年生。親の仕事の都合でアメリカに長くいたって話だったかな」

「金髪に染めてる先生というのは、なんていうか、珍しいですね。別に服装などの規程に口を出すつもりはないのですが、ちょっと興味が湧いて」

それを許している塾というのも、なかなか自由そうだ。

「目立ちますよね、あの髪。保護者の印象を考えてくださいと注意はしたんですが、これが自分のキャラクターだとか個性を認めない教育はよくないとか、弁が立って、結局、押し切られました。英語も数学もかなり優秀で教え方も巧《うま》くて。大学の学部は文系なんですけどね」

注意はされていたのか。それでも貫くなんて根性が据わっている。丹羽さんならきっと面白がるだろう。

瀬尾先生ー、という声がラウンジ側からかかった。女子数名のグループだ。呼ばれた瀬尾さんが手を振って応える。きゃあきゃあと女子がつつきあっていた。生徒の背恰好を見るに、彼は中学生の担当のようだ。女の子に人気があるんですよ、と福見事務長が教えてくれた。

それではとばかりに大量のパンフレットを渡された。中学受験コースと言ったのに、お知り合いの方にどうぞと、中高生向けまでもらってしまう。なかなか商売上手だ。こちらも、労働契約の締結に関する書類やモデル就業規則その他、資料を取り揃えて再訪しますと約束する。サイトの問い合わせフォームから、予期せぬ仕事までいただけそうでありがたい。

3

「仕事があるのはありがたい。その気持ちは本当。仕事がないとお給料もいただけないわけだし。だけどここのとこ、新規開拓が多くてキツキツっていうのも本当。ちょうどいい仕事量って、難しいよねー」

わたしは久しぶりに、大学時代からの友人、遠田《とおだ》美々《みみ》と会っていた。夏といえば、のビアガーデンだ。駅の反対側には、今日の午前に訪問したばかりの王進ゼミナールがある。

「なにそれ、儲かってる自慢? こっちは売り上げも伸びないし、話題のショップは他の店に持っていかれちゃうしで、うわーって感じ。天候もお客さんの足に影響するしさ」

百貨店に勤めている美々も、ジョッキを片手にぼやく。

友人同士の気安さから愚痴《ぐち》合戦になってしまったけれど、最終的には明日も仕事をがんばるかー、となって、飲み放題の時間延長の末にお店をあとにした。

「もう一軒行かない？　いい感じのバーを裏道に入ったところで見つけたんだ」

上機嫌の美々が誘ってくる。

「さっき仕事がんばろうって言ったばっかかじゃん。美々も明日は仕事でしょ」

「まだ十時半だよ。一杯だけ。チーズが美味《おい》しいんだって。最後はお洒落に締めようよー。ね？」

結局、美々に引っ張られて歩くことになった。相変わらず、頼み上手で強引だ。

美々の見つけたバーは駅の反対側にあるという。王進ゼミナールの前を通りかかった。灯りがまだついている。

「十時半……って言ってたよね？」

「半？　もうそろそろ四十分だけど？　美々」

たしか都の条例で、十八歳未満は、深夜にあたる午後十一時以降の外出は原則としてダメじゃなかったっけ。塾ってそんなに遅くまでやっているものなのか。

つい気になって立ち止まってしまったが、よくよく見ると授業で使っているという二、三階は暗く、灯りは一階だけだ。それも半分暗い。窓に下りているブラインドに隙間《すきま》があった。顔をつけて覗《のぞ》きこむ。

「やーだ、なにやってるの。この酔っ払い！」

美々がからかってくる。

「しっ！　ちょっと見たいことが」

隙間が細すぎて全部は見えなかったけど、若い男女十名ほどが事務室のデスクに向かっていた。午前中に見かけた金髪の男性が交じっていたから、講師の大学生たちだろう。授業のあとに報告書を書くとも聞いた。夏期講習中とあってやることが多いのかもしれない。深夜割増賃金を払っているかどうか、今度確かめておこう。

窓から覗きこんでしまったのは、やっぱり酔っていたからだと、翌朝になってから反省した。見咎《みとが》められなくてよかった。出勤して、福見事務長にもらったパンフレットで、最後の授業の終了時刻は九時三十分だと確認した。やはり昨夜の人たちは講師のようだ。

小中高生じゃないならいいか、とそれ以上の考えを中断したのは、別の事案が発生したからだ。正直、面倒な事件が。

4

江南《えなみ》工務店。主に住宅のリフォームを手掛けるこの会社とは以前から取引があり、社長の江南さんとは七月の労働保険の年度更新作業以来だ。今年還暦、六十歳だと聞いたが、綺麗に日焼けした肌と引き締まった筋肉をしていて、いつも若々しい。社長自ら現場に出て、指揮を執《と》っている。

その会社から、労災事故を起こしたという連絡が入り、事務所に出向いた。三階建ての自宅の一階が事務所になっていて、奥には資材置き場兼作業場がある。

個人住宅の外壁塗り直しの工事をしていたところ、接していた道で自動車同士が衝突するという交通事故が起き、車が、組まれた足場にぶつかってきたという。その衝撃で、足場にいた従業員が落下して怪我《けが》をした。ちなみに車の運転者両名と、江南工務店との間に関係はない。運転者も命に別状はなかった。第三者行為災害になるので、その旨の労災の書類を作り、速やかに労働基準監督署に提出することになる。

従業員の怪我は、安全帯という命綱をつけてヘルメットも被《かぶ》っていたので、軽かった。宙吊りになったときに腰をひねり、足場に身体をぶつけた腰部捻挫《ねんざ》と打ち身だ。頭も打っていたが、診察の結果、問題はない。腰部捻挫も医者曰《いわ》く、ぎっくり腰と同程度とのこと。一週間ほどで治るそうだ。

では何が問題かというと、魚津《うおづ》桂《けい》という怪我をした従業員が、今年の二月に誕生日を迎えた十七歳だったことだ。

労働基準法で、満十八歳未満の年少者の労働にはさまざまな制限が定められている。足場作業には、危険有害業務の就業制限にひっかかる箇所があり、たとえば高さ五メートル以上で墜落のおそれのある場所では年少者に仕事をさせられない。

現場は個人の住宅だが三階建てで、足場は五メートルを軽く超していた。

「七月にいただいていた従業員名簿には、年少者はいませんでしたよね。魚津さんは、新たに雇われた方ですか？」

ああ、と江南社長が渋面でうなずく。ショックなのか、一気に歳を取ったように見える。

「つい先日からだ。ここのところ工事が立て込んでいて、経験者だというから雇った。ためしにあれこれやらせてみたら、手際もよくてさ」

「経験者ですか？　十七歳で足場作業の？」

「いや。建築関係の仕事の経験者ってことさ。以前も別のとこで働いてた。だが履歴書の年齢が、嘘《うそ》だった」

え？　とわたしは絶句する。

「十八って書かれてたんだよ。腕があれば疑いやしねえよ。魚津、実際できんだもん。ガタイがよくててきぱき動くし、挨拶もちゃんとしてて使えるやつだった。なかには経歴詐称っつーか、多少、盛ってるのも来るんだよ。難しい現場を自分の裁量でやってやった、てーのがな。けどやらせてできなきゃ、嘘なんぞすぐばれる。こちとら職人だ」

「ばれない嘘、だったんですね」

「まさか歳、ごまかすなんて思わねえよ」

「高校生ですか？　先日から雇ったということは、夏休みのアルバイトで？」

「中退だ。親が経営してた工場が借金かかえて潰れて、一年生が終わったとこで辞めたって言われて同情してさ。あ、そっちは嘘じゃない。だけど潰れて何年経ってるなんて指折り数えたりしねえよ。あー、本当にまいった」

交通事故が絡《から》んでいたせいで、警察も消防もすぐにやってきた。病院から家族への連絡がされ、そこではじめて親から、本人が十七歳だと知らされたのだという。

たった一歳といえども、十七歳と十八歳の差は大きい。いくら体格が大人なみであっても、法律は年齢で線を引く。年少者に作業の制限があるのは、成育途中の人間を、健康や福祉に有害な場所で就業させないためなのだ。

「で、びっくりして以前の勤務先ってのに電話してみたら、十七歳だとできない仕事があるから安い給料しか払われない、それは不満だ、ってことで辞めたってよ」

「じゃあ、十八歳ということにすれば給料もよくなると思って、嘘を?」

「ああ。本人も、すみませんつって反省してたけどさ。しかし朝倉先生よ、今回のことは労働基準法違反ってことになるんだろ?　しかも俺が悪いって形で。違反すると、六ヵ月以下の懲役または三十万円以下の罰金って聞いたんだけど、それ、本当か?　俺、知らなかったんだけど」

法律ではそうなっている。だけど。

「履歴書が虚偽だったんですよね？」

「ああ」

「なにか、十八歳に達していないんじゃないかと感じたとか、疑わしそうなできごとはありましたか？」

「煙草《たばこ》は吸わねえし、酒を飲む場所に一緒に行ったこともねえな。おっと、そりゃ二十歳までダメか。通勤はチャリだった。古いが、なんかかっこいいママチャリじゃないタイプの。ああ、そういや魚津、運転免許を持ってなかったな。金が貯まったら取るって言ってたが、十八歳未満は車の免許を取れないよな。こういうのが疑わしいできごとか？」

そうではなくて、とわたしは首を横に振る。

「知っていて雇ったとか、もしかしてと思いながらも人手不足で目を瞑《つぶ》ったなどです。そうじゃないなら、労基署もいきなり処分したりはしません。立ち入り調査に来たら、履歴書には十八歳と書かれており十七歳だとは知りませんでした、とすべて正直に答えましょう。今後の対策を問われたら、住民票などで年齢確認をします、と。これは実際にそうなさってくださいね」

ああ、ああ、と江南社長がうなずく。

「じゃあその方向で、労災の書類も作りますね」

「ああ。なんだか人間不信だよ。施工主も、うちでなんてことをしてくれるって怒っちまってさあ。まあそれは俺んとこ以上に、事故を起こした車にもだが。壁が凹《へこ》んじゃったから、工事もそっちの賠償が解決してからってことで、仕切り直し。別の工務店に乗り換えられるかもしれねえ」

「災難ですね。とはいえ、亡くなった方がいらっしゃらなくてよかったです」

「まったくだよ。……ああ、しまった！　干支《えと》を訊けばよかったんだ」

「干支？」

「ああ。朝倉先生、あんたの干支は？　なに年生まれだ？」

「……ええっと、午《うま》ですが」

「じゃあ、歳を上にひとつごまかすなら、干支はなんだ？」

思わず手を見た。子《ね》、丑《うし》、寅《とら》、卯《う》と、最初から指を折ってひとつずつ数えないとわからない。

「午のまえは巳《み》だよ。ヘビ。すぐ出てこないだろ」

「たしかに、出ない、ですね」

「な？　数字の足し算引き算はすぐ出るが、干支だととっさにはわからねえだろ。しまったなあー、キャバクラのオネエチャンには歳をごまかされねえよう干支を訊くんだよ。修業時代に教わったんだけど、野郎に訊いてもしょうがねえからさ」

はあ、とわたしは答えた。正直、どこのお姉さんだって、未成年でさえなければ歳のごまかしなど問題ではないだろうと思ったけれど。

江南社長はそのあと、自分は戌《いぬ》年生まれで、戌年の男性は正義感が強いのだと自慢をした。そんな占いまであるとは。……占い？　迷信？　なんて言うべき？

占いに否定も肯定もしないままでいたら、江南社長は自分は正義感が強い、だから悪いこともしていないんだ、ゆえに今回のこともなんとかなる、と気持ちを立て直していた。

5

「江南社長が落ち着きを取り戻してよかったです。だけど十七歳とか十八歳の子が、自分の干支なんて知ってるんでしょうか。だいたい今年って、なに年？」

わたしがそう訊くと、丹羽さんがさらっと言った。

「戌年でしょ」

「すごい。さすが丹羽さん。覚えてるんですか？」

「さっきのヒヨコちゃんの話を聞いてわかっただけだよ。江南社長が戌年生まれで、二〇一八年の今年が還暦なんでしょ？」

よもやその仕組みがわからないとは言わないよね、と、丹羽さんがわたしを見てきた。

「そうでした。六十年でひとまわりですね」

「干支が生まれた年に還《かえ》るから還暦。だから赤い服を贈る。赤い色は赤ちゃんの魔除《まよ》けなの。ついでに、子丑寅……のことを干支って言うけど、それだとひとまわりは十二でしょ。本来の干支は十干《じっかん》十二支。甲乙丙丁……という十干を組み合わせて六十年周期になる」

丹羽さんが解説してくれる。素子さんもうなずいていた。

「たしか、壬申の乱とかのジンシンの部分ですよね？　それが十干十二支と」

わたしは確認する。

「そうそう」

間違ってはいなかったようだが、シンがなんの動物か、ピンとこなかった。こっそりスマホで漢字と解説を見て、申――サルだとわかった。

「だけど今、年齢を干支で数えたりしませんよね。星占いみたいに干支によって性格分けがあるのも知らなかった。信じてる人なんているんですか」

丹羽さんと素子さんが、ちらりと視線を交わした。

「丙午《ひのえうま》って聞いたことない？　丙午の年に生まれた女性は気が強いという迷信で、出産が控えられたの。五十年ほど前の話」

「人口ピラミッドのグラフで、突然出生数が少なくなる年があるでしょう。見たことない？」

「まじですか」

素子さんが言う。

そう言われてみれば見たことがある。あのグラフ自体、俗に人口ピラミッドと呼ばれるものの、全然ピラミッドには思えないけど。

「あたしたちがそのちょっと下で、十七、八歳の子の親世代とも重なるでしょ。つまり祖父母の世代のなかにはそれを信じてた人がいたわけ。そう考えると、若い子だって自分の生まれ年の干支ぐらい、知っていてもおかしくない」

丹羽さんの論拠に、なるほどと思う。そういえば自分の干支も、親から教えられた。江南社長と重なる世代だ。

「それで今年十七歳って、なに年生まれなんですか？　十二支ひとまわりの十二歳が戌年だから――」

「巳年」

また指を折っていたわたしに、素子さんがすぐに答えた。

「計算、早っ」

「うちの子の歳と同じだから。うちは早生まれじゃないけど」

なーんだ、と三人して笑った。

「でもその子、魚津くんだっけ。辛いね。うちの子と同じ歳だけに余計にそう思う。同世代の子たちは高校に行ってるのに」

親の工場が潰れたため、高校を中退したと江南社長は言っていた。


その後、労基署の立ち入り調査があったが、年少者に高さ五メートル超えの足場作業をさせたという違反はあるものの、十八歳未満だと知らなかったことが認められ、文書指導で留まった。安全に対する配慮《はいりょ》には問題がなかったようで、指導内容は、雇い入れに関する確認作業を怠《おこた》ったことに対してだ。是正報告書に、住民票の確認などの適正な対応を取ると記載したので、指導は終了するだろう。

江南社長はほっとしたのか、雇うのは二十歳以上にして酒を飲ましてみるかな、などと冗談を言っていたけれど、翌朝、一転して暗い声で電話をかけてきた。

「まいったよ。新聞に載っちゃったんだよ。例の事故」

「え？　今になってですか？」

メインは交通事故のほうだという。どうやら事故を起こした運転者の一方が、区議会議員だったようだ。いまさらバレたのか、ニュース価値があるとされたのか。

午後にはその新聞のネットニュースにも上がっていた。そこから転載という形で、大規模ポータルサイトの地域ニュースにも。江南工務店の名前は載っていなかったが、――事故の影響で、建設作業員の男性（十七歳）が高さ七メートルの足場から落下して軽傷を負った――という一文があった。

それが労働基準法違反だということに、気づく人は気づく。

6

昨今のポータルサイトのネットニュースには、ご丁寧にもコメント欄がある。誰もが自由にものを言えるのはいいことだが、本筋とは関係のないことに対してコメントを寄せる人もいる。あくまで先日の事故の本筋は、区議会議員が起こした交通事故だ。だが、労働基準法違反に対しても、指摘されてしまった。

「『誰も気づかないようだけど、この作業員、十八歳未満つまり年少者な。年少者の高所作業は労基法違反になる。ちゃんと取り締まれ』って。なんかムカつく書き方ですよね」

お昼休み、事務所のテレビを見ている丹羽さんに、パソコンでネットをチェックしていたわたしは話しかけた。丹羽さんは鼻で嗤《わら》う。

「自分はこんなに物知りだ、そう言いたいだけ。いちいちムカつく時間が無駄だよ」

「それはそうなんですが、江南社長が気にしてるんですよね」

「えー？　あの人、意外と気弱なタイプ？」

うーんとわたしは首をひねる。

「気弱というよりも、こういうネットニュースや煽《あお》りのコメントが、ご自身の手ではどうにもならないのが嫌なようです。同業者やお客からの問い合わせなら、自分は年少者だと知らなかったと答えられますよね。でも騒いでいる外野には、なにもできないし」

丹羽さんが、わたしのパソコンを覗きこんでくる。これです、とわたしは指をさした。

「騒いでいるとはいっても、どのコメントも賛成や反対の反応ボタンの数が少ないし、記事自体、注目されてないと思うんですよね。会社名を晒《さら》されたら削除依頼を出そうと思いますが、反応せずに放置するほうが沈静化すると思うんです。労基法違反ということ自体は間違いじゃないので、削除依頼をしても処理してもらえない可能性が高いし」

「そう……だねえ。あたしも、一日二日でわからなくなる、に一票。この区議会議員がまたなにか問題を起こしたときに、突然ニュースが浮上するかもしれないけどね。時限爆弾みたいに」

「そんな恐ろしいこと、言わないでください」

思わず丹羽さんを睨《にら》む。

「まあまあヒヨコちゃん、落ち着いて。そのときは、区議会議員のほうに攻撃が向かうよ。江南工務店も魚津とかいう従業員も被害者なんだし」

「わかりませんよー。こういうのはどこから矢が飛んでくるか予想できないんだから」

と言った先から、矢は、思いもよらないところから飛んできた。

いや、よく考えれば同世代、元同級生が近くにいても、おかしくはなかった。


王進ゼミナール本部校に出向くのは、今日で三度目だ。約束した午後三時になっていたが、福見事務長は保護者からの電話につかまっているとスタッフに言われ、ラウンジで待つ。

隣のテーブルで、三人の男女が語らっていた。彼らが見せ合っているのは教科書や問題集ではなく、スマホやタブレットだ。

今どきはそれがテキストなのかとつい興味を惹かれ、話に耳を傾けた。座っている位置を変えると、タブレットの画面も遠いながら覗ける。

ただ、画面に出ていたのは誰かの写真のようだ。なんの科目なんだろう。

「――で、魚津のやつ、今、ケンセツサギョーインってのをやってるってわかったわけ」

男の子の声が自慢げに高くなった。高校生のようだが、Tシャツの上の顔はまだ幼い。

魚津、建設作業員、それは江南工務店の従業員のことだろうか。見せてもらった履歴書の写真は小さかったし、タブレットの写真も遠く、同じ人物かどうかわからない。気になって、聞き耳を立てた。

「じゃあ元気にしてるんだ。あ、怪我したんだから元気じゃないか」

向かい合う唯一の女の子が言う。怪我をした、ということはやはり、あの彼なのか。

「元気だって。コンビニで偶然遭遇《そうぐう》してさ。向こうは僕に気づかなかったようだから写してやった。これ、アップしたらどうなるかな」

「アップ?」

「ネットだよネット。話題の人物紹介って感じにさ」

Tシャツの男子が嬉しそうに笑う。

なにを言ってるんだろう、この子は。冗談なのか本気なのか。

「でも、なにかの犯人ならいいけど、そういうのヤバいんじゃないの?」

女の子がためらう。

「違反がどうって書いてあるじゃん。それに魚津、隣の組のハヤシと、僕の女を盗った犯人だし。一年の間にふたりも被害者がいるなんて、どんだけーっ、だよ。そんとき懲《こ》らしめ損ねたし、ちゃんとわからせるべきなんだって」

「たしかに反省してなかったよな。じゃー、やっちゃう?」

Tシャツ男子が主張し、眼鏡をかけたもうひとりの男の子が煽る。

いや、ここで違反を問われているのは雇い主側だ。それになにより、どんな凶悪犯だろうと、他人の写真を勝手にネットに上げてはいけない。一度ネットに上がった写真を消すのは難しい。

わたしは腰を上げた。

「おい、きみたち、今なんて言った？」

……と、わたしが言ったわけじゃない。男性の大きな声が、右斜め後ろから聞こえた。テーブルについていた子たちが、ぎょっとした顔をしてから、不審そうに言葉を交わす。

「あいつ誰だっけ。大学生のバイトだよな」

「中学生のガキどもが騒いでたような」

わたしも声の主へと振り向いた。襟の白い幅広ストライプのクレリックシャツという爽やかな恰好に、髪は金髪。ああ、覚えている。たしか名前が……

「バイトだが講師だよ。瀬尾ってんだ」

瀬尾さんは、怖い顔をして彼らを睨んでいた。

「あーっと、昔の同級生のことですよ。たいした話じゃない」

Tシャツ男子が、軽く言った。

「ちゃんと聞こえてたよ。仲が悪い同級生の写真をネットにあげるって言ったよな？

他人の写真を勝手に使っちゃダメだろ」

「僕が撮った写真だから、僕の写真ですよ」

「そういう意味じゃない。その同級生の写真には、そいつに portrait rights が、権利があるんだ。おまえにはない」

Tシャツ男子が、むっとした表情になる。

「は？　ライツ？　そんなたいしたもんじゃないっすから」

「たいしたものだよ。肖像権、人格権、それはそいつが持っている権利だ。仲のいい友だちであっても、そいつの写真はそいつに許可を得て使わないといけない。ましてや仲が悪かったから懲らしめる？　なんだそれは」

ちっ、とTシャツ男子が舌を鳴らして立ちあがった。

「あんたこそなんだよ。僕たち生徒から金もらって教えてんだろ？　こっちは客だよ？」

「客だろうがなんだろうが、悪いものは悪い」

「一番悪いのはそいつだって。次々に女盗って、謝りもしないで。シメてやろうとしたら親の工場が潰れたとかで学校から逃げやがって。……ま、高校中退？　みじめだよな」

「盗った？　聞き捨てならないな。女の子はモノじゃない。どの女の子も本人の意思で、ただボーイフレンドを乗り換えただけだ」

ラウンジにいる子たちの視線が集まっていた。同じテーブルについていた眼鏡の男子は、困った表情でふたりを眺めるばかり。唯一の女の子は姿が見えなくなっている。

そんななか、瀬尾さんもTシャツ男子も睨みあい、引くようすを見せない。これは止めないと。

「ねえ、あなたたち、少し声を落とさない？　他の人の迷惑になってるよ」

迷った末に、そう声をかけた。わたしの言いたかったことは、全部、瀬尾さんが言ってくれた。瀬尾さんの主張に賛成だけど、見ず知らずのわたしにまで責められたら、Tシャツ男子はいっそう頑《かたく》なになってしまうだろう。

なんだあんたは、という表情で、わたしの顔をたしかめてきたのは瀬尾さんだけだった。ふたりの男の子は、一度こちらに向けかけた顔を瀬尾さんの背後へと逸《そ》らした。その影がテーブルまでやってくる。

「どうしたんだ、きみたち。なにがあったんだい」

福見事務長だった。さっきの女の子が呼んできたとみえ、後ろに控えている。

「大福先生」

眼鏡男子がほっとしたような顔になった。Tシャツ男子は、一瞬気まずそうにうつむいたけれど、すぐに顎を上げた。

「その人に不愉快な思いをさせられました。講師の教育がなってないんじゃないですか」

「田崎《たざき》くん？　えーっと、どういうことなのかな」

福見事務長が困惑した声で訊ねる。このTシャツの子は、田崎というようだ。

「おまえ呼ばわりされました。こちらの主張も聞かず、一方的に罵倒されました」

「主張？　他人の権利を侵害するのに主張もなにもないだろ。間違っているから間違っているって言っただけだ」

「瀬尾先生、ちょっと落ち着いて」

福見事務長がなだめる。

「ほら。こんな態度ですよ。こんな人から誰が教わりたいと思います？　なあ？」

田崎くんが、残りのふたりと周囲のギャラリーに向けて声を張りあげる。眼鏡男子と女の子は、おずおずしながらもうなずいている。

すみません福見事務長、とわたしは声をかけた。

「あ、朝倉先生。お待たせして申し訳ないのですが、もう少しだけ」

「いえそうじゃなくて。わたしにも彼らの話が聞こえました。そちらの瀬尾さんは、生徒さんを諭《さと》していただけです。罵倒はしていませんよ」

「ええっとそれは――」

　福見事務長が言葉を濁している間に、田崎くんは不愉快そうに被せてくる。

「お姉さん。お姉さんはどの科目の先生ですか？　見たことがないんだけど」

「どの科目？　……わたしはただ、あなたたちの話が聞こえたので口を出しただけです。他人の写真をネットにあげることは、あなたの不利益にもつながりますよ。やめたほうがいい」

　福見事務長がわたしを先生と呼んだせいで、誤解したのかなと思いながら答える。

「不利益？」

「誰がネットにアクセスしたかは、一見、匿名で、わからないかのように思われているけど、技術のある人や警察が調べればちゃんとわかる。あなたに辿《たど》りつかれますよ」

　田崎くんが薄ら笑いを浮かべながら言う。

「冗談で盛り上がっていただけですよ。本気でやるわけない。決めつけないでください」

「……冗談？　そうなの？」

　福見事務長がほっとしたような声を出す。

「もちろんです。じゃあ僕ら、次の授業の時間なので」

　田崎くんが促《うなが》すように眼鏡男子の肩を叩き、こちらに背を向けた。女の子も伴って、足早に行ってしまう。

「瀬尾先生、あとでもう少し話を伺わせてください。すみませんが今は、こちらの朝倉先生と約束がありますので。ああっと、資料、資料が要るんだった」

福見事務長が、面談室の方向にいったん足を踏みだしながら、事務室へと顔を向ける。

「面談室ですか？　お連れしますよ。どうぞ」

瀬尾さんはわたしへ話しかけ、先に立って歩きだす。福見事務長が、じゃあ頼みます、と声をかけていた。

7

「ちょっと、あんた。どういうつもりだ？」

面談室の扉が閉まると同時に、瀬尾さんが非難めいた声をあげた。

「あんたさっき、あなたの不利益につながる、って言ったよな。違うだろ？　ダメなのはダメだ。あいつはいけないことをしようとしてた。しかもそこから目を逸らし、オレを非難してきた。そこ、指摘しなきゃいけないだろうが」

瀬尾さんが案内役を買ってでたのは、気を利かせたわけではなかったらしい。責めたててくる。

「たしかに正論だけど」

「けど？　正論がどう悪い？」

「正しいことだからって、相手を説得できるわけじゃないですよ。さっきの子は、悪いのは他人だという鎧《よろい》で自分を守っていた。そういう相手はなかなか考えを変えないよ。つけいる隙があるとしたら、自分の行動が自分の不利になると知らせること」

瀬尾さんが、一瞬、黙る。だけどすぐに口を開いた。

「だったら今度は、不利にならないように立ち回る。ずるく生きていくことになる」

次に黙ってしまったのはわたしだった。

今の話も正論だ。ただ、あの子を正面から責めたところで、ふてくされて開き直るだけだろう。いっそ痛い目を見れば思い知るかもしれないけど、それでは江南工務店と従業員の魚津さんに実害が及んでしまう。

面談室の扉にノックの音がした。はい、とわたしは答える。

「お待たせしました、朝倉先生……、あれ？　瀬尾先生、どうして」

福見事務長が、居残っていた瀬尾さんを見て、不思議そうにする。

「さっきの話の続きです。あの子は、仲が良くなかった昔の同級生の写真をネットに晒すって言ったんですよ。ダメなものはダメでしょうが」

「その件ね。瀬尾先生、申し訳ないけど、こちらの朝倉先生とは仕事の話があって」

「すぐすみます。先生なんだから生徒の悪いところは指摘すべきだと、わかってもらいたかっただけです」

瀬尾さんの言葉に、わたしと福見事務長は目を見合わせた。

「えーっと、朝倉先生は、講師の先生じゃなくて、社労士という、先生がたのお給料や仕事についてアドバイスをくれる先生なんですよ。先生ばかりでややこしいね。でも生徒には接しないんですよ」

ええっ？　と、瀬尾さんがまじまじとわたしを見てくる。わたしは口を開いた。

「さきほどは説明が面倒だったのと、講師だと思わせたほうが彼らも耳を傾けてくれると考えたので、否定しなかったんです」

あの子なら、関係ないヤツは黙ってろよ、ぐらい言いそうだとも思ったのだ。それにしても、先生というのは便利な言葉だ。受け取る相手が好きに解釈する。

「……で、でも大人として、ダメなものはダメだって伝えるべきだ」

勘違いしたのが気まずいのか、瀬尾さんは顔を赤らめていたが、なおも主張する。

「瀬尾先生、せっかくの機会だから言いますが、うちはあくまで塾です。勉強を教えるところであって、生徒の道徳教育にまで手をつける気はありません。たしかに悪いことだろうけど、うまく受け流してほしい。トラブルになるのは困るんです」

大福と呼ばれたまんまるい顔をほころばせたまま、福見事務長はそう言った。

「あの、瀬尾さんは本当に、罵倒というような口調では接してないですよ」

わたしは口を出す。それはないんじゃないかと思ったからだ。

たしか福見事務長は、雑談を無視するわけにはとか、人が相手だから定規で線を引くようにはとか、言ってたはずだ。

「だとしても相手に罵倒だと感じられたのは困ります。おまえ呼ばわりもまずいですよ。お客なんですよ、生徒は」

おまえ呼ばわりはたしかにまずいが、福見事務長も過去の発言との矛盾に気づいていないのだろうか。

「それでいいんですか？　バカにははっきり言わないと伝わらない」

「バカって。瀬尾先生は言葉が荒すぎます。もっと生徒を大事にしないと」

呆《あき》れたように、福見事務長が言った。

「あんた、朝倉先生だっけ。仕事にアドバイスするって言ってたけど、それでいいのか」

「……仕事についてのアドバイスというのは、業務内容ではなく、労務の部分なんです。業務の細かな内容については――」

「もういい。これだから二十世紀生まれはダメなんだ！」

失礼、と瀬尾さんが足音高く面談室を出ていった。

「すみません、いろいろと。瀬尾先生にはあとで注意をしておきますので」

「いえ、お気になさらないでください。瀬尾さんのおっしゃりたいこともわかります。それでは早速ですが――」

わたしは相談されていた就業規則の話をはじめた。なにかが引っかかったけれど、それがなんだかわからない。


気になったなにかは取りあえずおいておき、事務所に戻ってから江南社長に電話をかけた。自身も現場に出ている江南社長はなかなかつかまらない。日が沈んでから、やっと電話がつながった。

「朝倉です。その後、魚津さんの怪我の具合はいかがですか？　仕事にはもう復帰しましたか？」

王進ゼミナールの田崎くんのことで、念のため、注意喚起をするつもりだ。といっても、ネットだの写真だのという話を下手に持ちだしては江南社長のストレスが増える。晒される材料がないか確認して、予防策を打てるなら打ちたい。

「元気にはなったけど、うちはもう関係ないから」

「関係ない？」

「辞めてもらうよ。当然だろうが。十七の子なんて、雇い続けられるかよ」

「待ってください。まず、解雇はすぐにはできないんです」

「どういうことだ？」

「労働基準法に、労災による療養のための休業期間およびその後三十日間は解雇できない、というのがあるんです。働けないなら辞めてもらう、なんてことをさせないために」

「そんな理由じゃねえよ。どんな怪我しようと、それが仕事と関係なかろうと、俺は昔から、そういうヤツの回復は気長に待ってんだよ。そいつの生活ってもんがあるからな。けど魚津は、嘘をついて入ってきたんだぜ」

江南社長がむっとしたような声になる。

「理由がなんであってもですよ」

「俺は騙《だま》されたんだぞ。履歴書に嘘を書いてもいいのかよ。そうだ、あれになるんじゃないか、ほら、懲戒解雇っての」

「嘘はもちろん、ダメです。ただ履歴が嘘だったとしても、それによって多大な損害を被《こうむ》ったといったことがない限り、懲戒解雇にはできません。就業規則で懲戒解雇の事由の取り決めもしていませんよね。というか、御社は就業規則を作られてないですよね？」

江南工務店で働いているのは十名未満なので、作る義務はない。

「ねえよ。だけど多大な損害、受けたじゃないか。労基署の文書指導っての、されたたからです」


「それは、……大変申しあげにくいのですが、最初に身分証などのチェックを怠っていたからです」

「それ言われると弱いけどさあ。けどよ、これから多大な損害とやらを被るかもしれないじゃねえか。例のネットニュースがどうなるかとかさ」

「起きていないことを理由にすることはできませんよ」

はああ、と大きなため息が受話口から聞こえた。

「足場作業もできねえヤツを雇い続けなきゃいけないのかよ」

「地上での作業はできますよ。使える人だって言ってらしたじゃないですか」

「そりゃそうだけどさ」

江南社長の声のようすが納得へと傾いていたので、わたしはそれとなくネットの話をして、トラブルがないか確認した。魚津さんのプライベートについても訊ねてみる。

「え？　ガールフレンド？　聞かねえな。そりゃあ若い子だからいるかもしれねえが、今はそれどころじゃねえはずだ。実家の工場は潰れたし、母親も病気らしいしな」

「お母さんがご病気なんですか？　だとしたら余計に、辞めさせるのは酷《こく》ですよ。それこそ魚津さんの肩に、ご家族の生活がかかっているじゃないですか」

「……ち。口が滑《すべ》っちまった。言わなきゃよかった」

あとは江南社長の人柄に賭ける。

「永遠に十七歳というわけじゃありませんよ。二月生まれという話でしたよね。半年経てば十八歳です。若い芽を育てると思って、気長に見てあげてください」

言うねえ、と江南社長が乾いた笑いを漏《も》らす。

そうですよ、だってまだ十七歳、なにしろその歳の子が生まれたのは、と口に出そうとして、引っかかっていたことがなにか、気がついた。

8

気になると、どうしても放っておくことができない。悪い癖《くせ》だと所長にも注意されている。

外回りから戻ってきた所長に相談した。書類を置きにきて帰るばかりだったので、申し訳なかったけれど。

「……なるほど、それはありうる話だね。でも確信がないんだよね？」

「はい。ただそうだとすれば、細かな違和感が解消します。頑なまでの正義感とか」

「たしかに朝倉さんが考えたとおりだとしたら、今までの状況から見て、まずいね。だけど話の持っていき方に気をつけないと、面倒を恐れて処分されてしまいかねないよ」

わたしもそう思う。

「まずは確証を得ることだと思っています。本人に直接訊ねます」

「直接？　言い抜けられてしまわないかな」

そこは作戦があります、とうなずいた。


再び王進ゼミナールに出向いた。授業の終わりは午後九時三十分なので、その時間を目指す。あーあ、この分だとわたしも深夜残業だ。でもわたしの場合は、午後十時を越えてはいけないわけではない。割増手当があれば一応いいことになっている。だけど絶対にダメな従業員がいる。

「遅くに失礼いたします」

そう言って建物内に入ると、昼間、福見事務長は電話につかまっていると教えてくれたスタッフが、わたしを見て腰を上げた。

「すみません、福見とお約束ですか？　今、渋谷校のほうに行っていて」

それはありがたい。

「いえちょっと。ここで待たせてください」

ラウンジには大人が多くいた。素子さんや丹羽さんと同年代の人たちが多いから、お迎えに来た保護者だろう。話し声でざわついてもいる。これもありがたい。目立たずに済む。

チャイムが鳴った。やがて笑い声が聞こえ、生徒たちが階段を降りてきた。生徒とあまり歳の変わらなそうな講師も交じっている。ラウンジがいっそうごった返す。

だけど見つけられる自信はあった。

彼は目立つのだ。

なぜあんな目立つ髪色をと思ったが、逆に、黒いと違いがわからなくなるのだろう。特異だから違って見える。頭のいい子だ。

いた。

わたしは人ごみを抜け、近寄って声をかける。

「瀬尾さん。話があります。外に行きましょう」

なんだいきなり、といった表情で、瀬尾さんが訝《いぶか》しむ。

「無理無理。これから報告書を作らなきゃいけないんで」

「明日にしてもらって。それにあなたは、十時を越えて働いてはいけないんです」

「なに言ってるの？」

「アメリカのことは知らないけど、日本では十八歳未満の従業員は年少者といって、深夜の労働が禁じられているの」

顔色ひとつ変えず、瀬尾さんが肩をすくめる。

「オレ、大学三年生。二十歳」

「飛び級でアメリカの大学に入学して日本に留学したということなのかな。それともごまかしているだけ？　そのあたりはわからないけれど、二十一世紀生まれの人は、二〇一八年の現在、十七歳以下ですよ。二〇〇一年から二十一世紀がはじまるのだから」

「二十一世紀生まれ？」

「瀬尾さん、あなた昼間、これだから二十世紀生まれはダメって言ったじゃないですか」

「あー、それ？　二十世紀にモノゴコロがついた人間ってことだよ。オレも二十世紀生まれだけど、記憶があるのは二十一世紀になってからだから」

「干支はなに？」

そう訊ねると、え、と瀬尾さんが固まった。

「干支はなんですか？」

瀬尾さんは指を折ろうとして、はたと留まり、眉《まゆ》をひそめる。

「ええっと。干支とはなんなのかということは知っているけど、自分の干支は知らない。だってそれこそ、二十世紀以前の遺物じゃない。オレ、アメリカにいたし」

「でも日本のグリーティングカード、年賀状の話をしてたじゃないですか。日本から送られてきたって。絵柄は富士山とか動物とか、それを話題にいろんなレクチャーもしたとか。動物って、干支のことでしょう？　遺物といっても、年賀状のおかげで年に一度は必ず思いだしますよね」

「……あんた、いつその話を」

「あなたが今、二十歳なら、干支は？　レクチャーしていたのなら、覚えてますよね？」

わからない、と瀬尾さんがため息をついた。

ちなみに、二〇一八年に二十歳を迎える人の干支は寅だ。


家から呼び出しがあったと嘘をついて、瀬尾さんは報告書の作成を明日にしてもらっていた。瀬尾さんがまだ食事を摂《と》っていないというので、近くのカフェチェーンに誘う。といっても十一時までには家に帰したいので、聞きだすのは必要なことだけだ。

沈んだようすはあったが、それでもわたしより三倍は多い量のサンドイッチをぱくつきながら、瀬尾さんは説明してくれた。

バイトに入るために使った学生証は、三歳年上の兄のもの。名前も借りた。武ではなく、賢《まさる》が本当の名前だ。年齢は二〇〇一年生まれの十七歳。

金髪にしているのはやはり、歳をごまかすためだった。金髪なら高校生ではないと思われるし、テーラードジャケットやクレリックシャツなどカチッとした服を着ていればやんちゃな不良にも見えないと、計算したとのことだ。なかなか頭が切れる。

「じゃあ今、高校はどうしてるの？」

わたしの質問に、ハムとバゲットを口いっぱいに詰めて、瀬尾さんが首を横に振る。

「オレはもう日本の高校に行く必要はない。アメリカで、必要な単位は飛び級で全部取った。お金を貯めて、アメリカの大学に行く」

帰国子女大学入試の制度を利用すれば日本の大学にも進めるそうだが、向こうに戻りたいという。アメリカの大学に出願するための成績もよく、特に数学では天才的なほど高い評価を得ているのだと。

それなら嘘をついてバイトしなくても、と思ったけれど、話は簡単ではないらしい。

「母があっちにいる。もとは父の海外赴任で、母も仕事を辞めてついてくることになった。ていうか来させられた。いろいろあって、あっちで勉強して大学入って、ついでに彼氏作って、離婚して再婚した。母は母の意思でパートナーを乗り換えたってわけ。彼氏はいい人だよ。乗り換えたのは正解だ。オレとも気が合ってる。オレも居残るつもりだったんだけど、父に連れ帰られた。オレを母に取られると思ったんだろ。だからオレは自力で立ち向かう。オレの頭脳を生かせて、かつ高収入が得られるのは、教職だろ？」

と瀬尾さんはうそぶく。たしかにそうだけど。

こんな夜遅くに帰って家族は心配しないのかという問いには、父はもっと遅いし、名前を借りた兄には許可をもらっているとVサインをした。兄は瀬尾さんの日本脱出計画に賛成しているそうだ。つまり、知っていて貸した。

田崎くんに注意をしなければバレなかったのにと、瀬尾さんは悔しそうだった。だけど言ったことは間違ってないと強調する。

「同じような目に遭《あ》ったことがあるの？」

わたしの質問に、瀬尾さんは笑う。

「ないよ。だけどああいう風に集団で誰かをいじめたり、相手は自分より下位の存在だと思って貶《おとし》めるのは、我慢できない。それだけ」

筋の通ったことを言うし、しっかりもしている。悪い子ではないのだ。ないのだけど。

翌日、瀬尾さんとともに福見事務長と会った。

御社の業務内容で問題になるのは午後十時以降に働かせることなのでそこをクリアしてください、また、瀬尾さんとは本名で契約し直してください、と伝えた。兄の名前を使うと、他にも問題が生じるからだ。呆気《あっけ》にとられていた福見事務長だが、最終的には納得してくれた。――と思っていたのだけど。

9

「ここに朝倉先生ってのがいるよな？　……ああ、いたいた。ちょっとあんた、どうしてくれるんだよ」

一週間後、やまだ社労士事務所に突然の訪問者があった。たまたま四人全員が揃っていた日で、ずかずかと中まで踏みこんでくるようすに、みなが驚いて動きを止めてしまった。

もちろんそんな突発的な行動をするのは、瀬尾さんしかいない。

「きみ、勝手に入ってこないで。他人の家にだって無断で上がりこまないだろ？　会社も同じです」

所長が手をかざして止める。瀬尾さんは、ああ失礼、と言いながら、前を向いた姿勢のまま下がっていった。でも出ていきはしない。

わたしはデスクから駆けよった。

「なにがありました？」

「あの大福、食えないヤツだよ。あんたと一緒に話をしてたときはニコニコしてたのに、オレの担当授業のコマを全部なくしやがった。生徒から担当替えの希望があって受け持ってもらうことができなくなりました、だってさ」

「代替えは？」

「他の先生の誰かじゃね？」

「そっちじゃなくて、別の生徒さんを受け持ってくださいという話はなかったの？」

瀬尾さんが、あるかよ、と言って肩をすくめる。

「少し待っていてくださいね」

わたしはデスクに戻り、福見事務長に電話をかけた。不在だと言われる。その間に、丹羽さんが瀬尾さんに近寄り、見事な金髪ねーとか、頭皮を傷《いた》めないように色を抜かないと歳を取ってからハゲるよとか、妙なからかい方をしていた。

ちなみに丹羽さん、娘さんを王進ゼミナールに通わせるのはやめたそうだ。やっぱ月謝が高い、だそうで。

「今はつながらないけど、福見事務長にたしかめます。あとで瀬尾さんにも連絡を入れるから」

そう伝えると、瀬尾さんは口を尖《とが》らせた。

「いいよもう。時間の無駄だ。他を探す」

「探すのは塾関係？　またお兄さんのふりをするつもり？　この間は説明が長くなるから端折《はしょ》ったけど、お兄さんの名前で働いたら、お兄さんに税金がかかってくるんです。

給与収入に対する所得税がね。だから瀬尾さん自身の名前で契約し直してくれってお願いしたわけ」

「税金? もう払ってるよ。天引きっての、されてるぞ」

「そうやって一件ごとに納めたものを、年単位でまとめて、計算し直さなきゃいけないのよ。お兄さんも学生だからご存じなかったのかもね」

素子さんが、なんだったら詳しく教えましょうかと、口を挟んでくる。

「いい。……悪かったな。ついカッとなって文句を言いたくなってさ。もともと、あんたらには関係ないことだ」

じゃあな、とばかりに瀬尾さんが背を向けた。待って、とわたしは声をかける。

「関係なくても大人として言う。ダメなものはダメ!」

むっとした表情で、瀬尾さんが振り返った。

「あなた自身が口にした言葉でしょう。年齢をごまかしたり身分を偽るのはいけないこと。あなたはずるく生きていくの?」

瀬尾さんが、ゆっくりと、身体もこちらに向き直る。

真剣な目で見つめてきた。


夕方になってつながった電話で、福見事務長はこう言い訳をした。

「だって朝倉先生、経歴詐称を理由として瀬尾さんを解雇できないかって訊ねたら、理由にはなるけど、三十日分以上の解雇予告手当が要《い》るって言ってたじゃないですか。それだけの額をただで渡すなんて、大損ですよ」

懲戒解雇であっても普通解雇であっても、解雇予告手当は必要だ。江南社長に話した内容と重なるが、就業規則はまだ作られておらず取り決めもなく、懲戒解雇はできない。もっとも、王進ゼミナールの事業内容は学習塾で、バイト募集時の条件は大学生以上。瀬尾さんはそこを詐称しているため、労基署に申請して解雇予告除外認定を得るという方法がなくもない。しかし、実際に得られるかどうかは労基署の判断次第だ。現実問題として王進ゼミナールに実害が出ていないので、無駄足に終わる可能性が大きいことも伝えていた。

そのため先日は、手間がかかるなら何もしない、と福見事務長も納得していたのだが。

「解雇予告手当を支払いたくないから、担当の授業をなくされたということですか？」

「人聞きの悪いことを言わないでください。単に、受け持つ仕事がない、というだけのことです。仕事がないから対価もない」

そういう作戦でクビを切りたいのだろうとは思った。先に注意喚起をしておくべきだったかもしれない。……ただ。

「福見さん。瀬尾さんに、いいえ、他の講師の方に対してもですが、あらかじめシフト表かなにかで、この時間に授業がある、仕事がある、と伝えてますよね？」

「もちろんですよ」

「シフトを一方的に削ることはできないんです。たとえその日、生徒が全員休んだとしても」

「え？」

「休業手当が発生するんです。会社側の都合で労働するはずだった時間を休業させる、という行為になるので、使用者はその労働者の平均賃金の六割以上を手当として支払わなければならないんです」

「仕事もないのに？　ますます大損じゃないですか」

「人を雇う以上、仕事を作らないといけないんです。その人の時間をもらうんですから」

「じゃあどうしろって言うんですか。騙されたのはこっちだ」

福見事務長が、うなった。

「解雇予告手当も休業手当も、ただで渡すと考えるから損だと思うんじゃないですか？仕事をしてもらい対価を支払う、そのシンプルなところに立ち戻りませんか？」

「で、あの金髪くんのクビはつながったの？」

数日後、丹羽さんがニヤニヤしながら訊ねてきた。

「今のところは。だけど契約は更新されない可能性が高いと思います。騙されたという気持ちの部分って、やっぱり消し去れないので」

「まあ、いくら子供でも、いけないことをしたリスクは負ってもらわないと」

丹羽さんが肩をすくめる。たしかにそうだ。

だが瀬尾さんは、ちゃんとわかっているようだ。事務所に乗りこんできたあの日、最後に真剣な顔でこう宣言した。

――オレはずるく生きるつもりはない。次は自分の名前で新しいところを探す。誰のそしりも受ける気はない、と。

「他の仕事先、いくつか物色しているようです。ここはどう思う？　なんて相談もされました。……タダで。わたしはきみの友だちですか？　って言いたいとこなんだけど」

「また学習塾？」

「近い、かな。日本語教室。英語圏の国からやってきた人に日本語を教えるそうです。英語を教えるほうの教室にも行ったけど、先生が年下になるのはちょっと、っていい顔をされなかったみたい。でも逆転の発想をしたらうまくいった、と得意げでした」

「江南工務店のほうも、ネットは沈静化したのよね？」

素子さんが問いかけてくる。

「はい。あとは区議会議員がおとなしくして、時限爆弾が起動しないよう祈るばかりです」

江南社長に魚津さんのようすを確認したところ、面倒を押しつけられちまったと文句をつけながらも、やっぱヤツは勘がいいとか腰が軽くてよとか、どこか自慢げだった。

「よかった。親の工場が潰れたとか離婚したとか、子供たちが振り回されて働かなきゃいけないなんて、やりきれないもの。これ以上のトラブルは起きてほしくないわよね」

しみじみとする素子さんに、丹羽さんがだいじょうぶ、と宣言した。

「その分、打たれ強くなるんじゃない？　特に金髪くんのほうは、かなり逞《たくま》しそうだし」

おおいにそう思う、とわたしはうなずいた。なにかと大変そうだけど、瀬尾さんのバイタリティなら全部跳ね返してアメリカに脱出するだろう。

「うちのヒヨコちゃんも、打たれて打たれて、逞しくなってきてるし」

「えー？　丹羽さん、誉《ほ》めてくれるんですか？　嬉しい。仕事も、かなりできるようになってきましたよね？　ヒヨコも卒業ですよね？」

「それはわからないけど、この間の夕方の電話を横で聞いていて、なかなかやるじゃんと思った」

「電話？　福見さんとのですか？」

「先に休業手当のことで脅《おど》して、あとから本来言いたかったことを伝えたじゃない。あれ、ストレートに言ったら拒否されたはずだよ。わざとでしょう」

見透《みす》かされてましたか、とわたしは舌を出す。

あれはわたし自身も、ずるい立ち回りだとは感じていた。だけど業務委託契約のことを知って人件費を抑えようとしたり、瀬尾さんの授業のコマをなくしたりと、食えない大福の福見事務長だ。効くはずだと計算した。

必要なずるさもあると思う。十七歳の彼らには教えたくないけれど。

わたしのための本を

1

「不払い残業代の請求、ということですか？　それは、お支払いしましょうというお返事となりますが、なにかご事情がありましたか？」

クライアントからの電話に、わたし、朝倉雛子《あさくらひなこ》は答える。

やまだ社労士事務所ではここのところ、クライアントを増やすべくいっそう営業活動に力を入れている。

新規に契約したひとつが、今の電話の相手先、京堂珈琲《きょうどうコーヒー》というカフェチェーンを持つ京堂コーポレーションだ。半年前に新たな事業展開をしたため仕事が一気に増え、社労士資格を持つ総務担当者が手に負えなくなって条件のいい転職先に移ってしまったのがうちとの契約のきっかけだ。景気のいい話の裏には無理があったのだろう。こちらとしてはありがたいので、外部委託のメリットを感じてもらえるよう、コンサルティングにも力を入れていきたい。

「残業代を払いたくないわけじゃないので、そこは誤解しないでください。もちろんざぶざぶ使える状態じゃないし、事業部の利益から見ても限界なんですが」

京堂コーポレーション総務部長、久住《くずみ》さんが言う。

「請求された分は払う、一方で、残業が増えないよう対策も考えるということですね」

わたしは確認した。

「そうです。ただ微妙にいろいろあって。きっかけは、残業申請がされていない残業があると気づいた従業員の妻が、おかしいと乗り込んできたことです」

残業申請された時間と、残業したと推測される時間が異なっている場合、ではその時間は本当に仕事をしていたのかを調べる必要がある。

「従業員本人が、申請していないんですか。それとも残業そのものをしていないんですか？」

わたしはひとつの可能性を頭に思い浮かべていた。

フラリーマンという言葉が、昨今取りざたされている。わたしが知ったのはテレビのルポ番組だ。残業だと家族に告げながら、家に帰らずふらふら街を回避するサラリーマンたち。家に居場所がないとか、会社と家との間にワンクッションを置きたいとかいう願望が、そうさせるそうだ。

だが一度、給与明細を見てみてほしい。そこには勤怠《きんたい》記録が表示されている。残業時間も載《の》っている。残業と答えた時間と対比させてみれば、嘘《うそ》などすぐにばれるものだ。

「残業はどうやら、してるようです。レジを使った記録が残っているので。そのつきあわせからお願いしたいので、一度いらしていただきたいのですが」

久住部長の口ぶりがはっきりしない。ただ困っているだけではなさそうだ。会社が残業申請を規制していたんだろうか。わたしは探りを入れてみた。

「承知しました。ところで、なぜその従業員は残業申請をしてなかったんでしょう」

「売り上げが悪いからです。小売業なので、人件費と利益率を考えざるを得ません」

「……従業員、ですよね？」

「ただ、店長です。店全体を運営している立場。本人の責任感が強いというのもあるでしょうが、私にはどこからどう手をつければいいのか」

どこからどうもなにも、今までどうやって把握して、どうやって管理していたんだろう。

「詳しいお話を伺《うかが》いに参ります。ところでどのお店……どの事業部で問題が起きたのでしょうか。御社は京堂珈琲を運営されていて、他にも――」

「ブックス部門です。半年前に子会社にした美空《みそら》書店の、ビバルディ中央店店長、木嶋《きじま》

について なんです」

過去データは総務部にあるため、まずは京堂コーポレーション東京本社にと乞《こ》われ、そちらに出向いた。一階に京堂珈琲が入っていたが、自社ビルではないという。間を飛ばした四、五階が本社だった。珈琲豆を扱っていた福岡の会社がはじまりで、店や事業が増えたため東京に本部機能を移転したそうだ。

四階総務部のそばにある会議室に通され、久住部長と向かいあう。久住部長は四十歳前後で、腹部以外はスマートな男性だ。顔立ちに特徴はないが、短めに整えた髪《かみ》や綺麗《きれい》に切られた爪など、身だしなみに気を遣《つか》っているようすが感じられる。

「美空書店全体が似たり寄ったりの状況で、仕事量が多く、人が足りない。売り上げもよくない。長らくそんな調子でどう脱却すればいいか、正直わからないんですよ。いやあ、まいりますよねえ」

わからないと言いながらも軽妙な口調だ。半分は営業用だろう。親しげなようすを演出するのがうまいようだ。

けれどこちらこそわからない。子会社化したのは半年前だという。長らく売り上げがよくないと知っていて、なぜ子会社に加えたのだろう。

わたしは訊《たず》ねてみた。とたんに、久住部長の表情が曇《くも》る。

「社長のわがままです。本人はロマンと言っていますが、我々からみると道楽で。美空書店の社長は同郷の先輩で、経営の危機を見ていられず株を買い、融資先を紹介し、それもうまくいかずに最終的には経営権の譲渡を受けた。文化の火を消してはならないというのが口癖《くちぐせ》ですが、社長本人が作家志望の文学青年だったんです」

なるほど、と答えながら、わたしは京堂コーポレーションのサイトにあった京堂社長の顔を思い浮かべた。六十歳になるかならないかという年齢の割に、爽やかで清潔感のある男性だ。そのぐらいの歳からものを書きはじめる人もいるのではと言うと、久住部長は勧めないでくださいよと苦笑する。

「作家志望でまだマシだった、これが画家志望なら絵に投資したり傾いた美術館に金をつぎ込むかもしれない、音楽家志望ならレコード会社やホールに、などと社内で取りざたされたぐらいです。情熱的というかなんというか、やりかねない」

どちらがマシなのかわからないが、今までもその情熱で事業を展開していったようだ。カフェを続々と増やし、他の輸入食材も扱うようになってインポート京堂という食品の小売店を出し、売り上げを伸ばしてきた。

「美空書店さんは、関東を中心に多くの店舗を持っているんですね。それから九州にも」

「ええ。実は一時期、中部や関西にもあったのですが、撤退しました。九州はおそらく、今後の撤退対象になるでしょう。最初にあった本店だけは、元の社長に再度渡して残したいと言っているのですが、見込みは、ねえ」

厳しい話ばかりが出てくる。それでも京堂社長は美空書店を引き受けた。ワンマン社長だとしても、京堂コーポレーションは株式会社だ。決定には周囲に諮《はか》る必要があっただろう。それについても久住部長が教えてくれた。

「ブックカフェという運営形態はご存じですか？　書店の中に飲食店、主にコーヒーショップが入っていて、購入前の本が読める店です。もちろん、購入後でないと持ちこめないタイプの店もあります。それを主導するということで押し切りました」

「喫茶関係の事業部の利益を回すんですか？」

「カフェが入っていようと、美空書店はあくまで書店。その個々の店の中にあるカフェの利益だけ加味するということにしています。カフェ事業部とインポート事業部も独立採算ですから特別扱いはなしで。さもないと共倒れになってしまう」

という話を前提としまして、と、久住部長はプリントアウトしたレジのデータに打刻式のタイムカード、シフト表、残業申請書をテーブルにずらりと並べた。タイムカードには木嶋正直《まさなお》という名前が載っている。

「タイムカードの打刻時間より、残業申請書の時間が短いことが多々ありました。中抜けしていた可能性はあるのですが、シフト表から見て、そう長く抜けられるとは思えない。また、レジを開けるためには、社員番号を入力する必要があります。そこに木嶋の記録が残っているにもかかわらず、タイムカードの時間から外れていることもたびたびで。プラス、こちらが彼の妻によるメモ。出勤時間と帰宅時間を示したものです」

手帳に手書きしたもののコピーだった。過労死や違法残業などが起こった際に、こういったメモが裁判の証拠に採用されることもある。それを知っていて、記したのだろう。

木嶋店長の人事情報も見せられる。年齢は三十四歳だ。家族は配偶者のみ。

「一年前に結婚したばかりです。お相手は大手メーカー勤務で、昨今の流れで残業削減が叫ばれているようす。対して、夫の職場はどうなっているんだ、となったわけです」

「木嶋さんご自身は、なんておっしゃっているんですか？　訴えがあったという話は伝えてますか」

わたしの質問に、久住部長が苦笑する。

「キツい妻ですみません、仕方のない部分があるってわかっていないんですよ、と」

「それはつまり、木嶋さんはすでに妻に説明をしていて、埒《らち》があかないと思った妻が、上から変えてくれとばかりにやってきたと」

「多分ね。経営母体が代わったのがチャンスだと思ったのかもしれない。改善されないなら労基署に話を持っていくと言っていました。それは困る」

久住部長がため息をつく。

「改善する気がないわけじゃないですよ。残業申請もしてくれと言っています。ただ利益率も仕事量もギリギリで、どうしたものかというジレンマが。これはうちの会社が絡《から》む前からの問題ですが」

「カフェを入れても、改善はされませんでしたか」

一瞬ぽかんとした久住部長が、すみません、と頭を下げてくる。

「説明不足でした。木嶋のいる美空書店には京堂珈琲は入っていません。ビバルディ中央というショッピングセンターの中にあるんですが、そちら側の事情もあるんです。通路を挟んだ隣が、別のカフェチェーンなので」

「ふたつ似たような店があっても仕方がないということですね」

「そうです。うちとしては、隣が撤退したときに店を広くしてもいいと思っていて、ビバルディ側にもちかけているんですが、いつになることやら。その時点で体力があれば、ですね」

他にもカフェを入れていない店、その計画のない店が多々あり、社長は経営を引き受けるための「言い訳」に使っただけというのが、現在の見方だという。それもあって、書店事業参入は社長のわがままと取られているようだ。

「この店に勤めている木嶋さん以外の従業員も、残業申請を控えているんですか?」

「他のスタッフには申請してもらっていると、木嶋は言っています。木嶋は店長なので」

「木嶋さんが管理職という意味ですか？　ただ給与明細を見ると、管理職手当に該当する項目が見当たらないのですが」

「……正社員全員に管理職手当をつけるわけにもいかないので」

「え？」

「木嶋以外、全員非正規、アルバイトです。あの店の規模なら、だいたいそうです」

2

美空書店ビバルディ中央店の規模は、六十坪だという。坪で言われてもピンとこないが、郊外型の大きめのコンビニをイメージすればいいんだろうか。

久住部長と一緒に、ビバルディ中央店へと赴く……はずが、出がけに久住部長のスマホに電話が入り、申し訳なさそうに拝まれた。

「トラブルがあって、あと二、三、対応をしなくてはいけないところができました。木嶋に連絡は入れているので、先に行っててください。三十分ほどで追いかけていきます」

三十分もどうしていれば、と思ったが、事務所に戻るのも中途半端な時間だった。

ビバルディ中央の営業時間は午後九時まで。京堂コーポレーション本社で時間を取られ、着いたときには七時半を越えていた。食品売り場のそばにある入り口では、スーツ姿の男性や仕事を終えたばかりといった女性が、足早に行き来する。それを横目で見ながら、美空書店のある二階へと向かう。とたんに人が少なくなった。

雑貨やアパレルを扱う店がいくつも並んでいた。店の飾りつけも展示された服も、すっかり秋だ。そういえば夏休みらしい夏休みを取っていないと気づいた。友人の遠田《とおだ》美々《みみ》とビアガーデンに行った程度で、旅行はおろか、花火さえ見にいっていない。忙しい忙しいが積み重なってしまったなあ、と考えながら館内案内を見て、苦笑した。複数の入り口があったにもかかわらず、わたしが入った場所は最も美空書店から遠かったようだ。奥へと進む。

美空書店は、壁が薄い空色に塗られていた。床は、落ち着いた青だ。建物自体の通路がクリーム色なので、境目がよくわかる。店内には人が数名いて、中年の男性が棚の前で佇《たたず》んでいた。わたしより少し若いぐらいの女性も、雑誌が積まれた台の前で立っている。どちらも立ち読みをしているようだ。紺色のエプロンをつけた人がふたりいた。女性のほうがレジカウンターの内側でなにか作業をしていて、男性は売り場で棚の本を並べ替えていた。背中を向けているが、男性のほうが木嶋店長だろう。

わたしは近づきかけたものの、通路のところで立ち止まった。

木嶋店長は自分の判断で残業をし、自分の判断で申請をしていないという。売り上げ目標に満たないため人件費を抑えたいという考えで、その判断はよくないにしても、申請しましょうねでは解決しないだろう。どこから話を切りだすべきか、まずは相手の話を聞いてから、しかし仕事の手を止めさせるのもと思いながら、しばらく木嶋店長の動きを追っていた。見れば、美空という店名に関連しているのか、天井から雲を模した飾りが下がり、棚の上には虹の半円が載っていた。かわいい店だ。

さて三十分間どうしよう、とあたりを見回すと、明るい水色のポロシャツを着た年配の男性がこちらを窺《うかが》い、わたしに注目していた。白髪のようすから六十歳前後だ。男性の背後にはターコイズコーヒーがあった。チェーンのカフェだ。ターコイズとはトルコ石のこと。あの明るい水色のポロシャツはそこの制服だ、とわたしはやっと気づいた。

客引きの店員だったのか、と男性に会釈《えしやく》をした。一瞬ぽかんとした男性が、遅れて笑いかけてくる。別に頭を下げる必要はなかったか、と恥ずかしくなった。

そのままカフェに入った。注文は前払い式だ。賑《にぎ》わっていたので空席はあるだろうかと見渡していたところ、ひとりが立ちあがったとたんに残りの人々が次々に立った。

なにごと？　と思ったが、すぐにピンときた。何人かがフライヤー、映画のチラシを手に持っていたのだ。映画の上映時間が近いのだろう。そういえばすぐ奥がシネコンだ。

さきほどの年配の店員が、空いたテーブルの上をダスターで整え、しかしカウンターには戻らず、ぼうっと外を眺めている。

「店長ってば、ダメですよ。さっきもセルオイルしてたし」

カウンターで接客をしてくれた若い男性店員が、年配のほうに話しかけた。カウンターにはもうひとり若い女性の店員がいて、妙に嬉しそうに笑っている。

「セルオ……、なんだ？」

年配の男性が戸惑《とまど》っている。

「そうやってふらふらしてるのを、油売ってるっていうって教えてくれたじゃないすか」

「いやあ、きみたちの邪魔をするようで、なんだかねえ」

「うふふふっ。店長ったら。そんなに気を利《き》かせなくていいのに」

女性はハートマークで彩られているような喋《しゃべ》り方だ。

「だからそういうとこだよ」

と年配の男性は店を見回してから、ふらりと外に出ていった。

あの人は店長だったのか。そう思いながらカウンターを眺めていると、ねえなんで油を売ることがふらふらしているってことなの？　なんでかなあ、べたべたするならわかるけど、なんだよべたべたってこら、やだぁべたべたべた、などと、ふたりは小声で話をしている。

そりゃあ油を売りにも行きたいだろう、と店長に同情した。

気になってスマホで語源を検索し、髪油を売るものが客の婦人相手に話し込むことから怠《なま》けるに発展した言葉、と知り、今度、豆知識の豊富な丹羽さんに対抗してやろうと思った。なんの気なしに入り口の向こうにある美空書店を見ていたところ、スマホが鳴った。久住部長が早足で通路をやってくる。

わたしが外に出ると、美空書店からも男性が出てきた。やはりあの人が木嶋店長だ。久住部長より高い背を姿勢よく伸ばし、細身で、癖のない髪を真ん中から分けて眼鏡をかけている。八割がたの人がイメージする文系男子を実体化させたかのような姿だ。眼鏡の下、うっすらと隈《くま》が見受けられる。

名刺を交換したあと、どうぞこちらへとレジカウンター近くの扉に案内された。

今月のタイムカードを見せてもらう。過去のデータと同じように、今月も残業申請と乖離《かいり》がある。木嶋店長の妻が書いたメモとの違いも多く、特に朝の時間に顕著《けんちょ》だった。

「ビバルディが開くよりずいぶん早い時間のようですが」

というわたしの質問に、木嶋店長は穏《おだ》やかな表情で答える。

「館《やかた》の開店時間よりまえに荷受けがあるんですよ」

ショッピングセンターなど、入っている施設のことを指して、館と呼ぶらしい。

「雑誌も本も毎日のように届けられるし、それを並べる必要もあるんです」

「たしかに、新聞には毎日、週刊誌の広告が出ていますね」

「週刊誌だけではありません。男性誌女性誌専門誌漫画雑誌、コミックス児童書単行本文庫新書、ジャンルもさまざまで、ものによっては付録を組み紐《ひも》をかけシュリンクつまり包装の機械に本を通し、それぞれをそれぞれの場所に迎えます」

一息で言われ、わたしの頭の中で、本が波となって溢《あふ》れだした。通されたこのバックヤードも、段ボールや本の詰まったスチール棚が四方から迫ってきている。

「そんなにやってきたら、通路までいっぱいになりそうですね」

「一定期間置いて、売れなかった本は返品します。そこにある段ボールに詰め直して」

「紙は重いでしょうね」

「半端なく重いです。肉体労働です。他にも、本来の業務ではないことに時間が取られることが多く、残業が増えてしまうんです。結果、今日も明日も忙しいということに」

諦《あきら》めたような、動じていないような、淡々とした表情で木嶋店長が答える。今のこの時間も彼本来の業務ではないなと、申し訳ない気分が湧いた。

「なんとか、効率を考えて動くべきだと思うんだよ。残業だって申請してもらわないと、こちらにはわからないし」

久住部長が口を挟んでくる。わたしも続けた。

「シフト表を拝見したんですが、アルバイトの方が入れなかった時間を、木嶋さんが埋めてますよね。勤務日以外にもいらしていた。まったく手が足りていないように見受けられます。バイトさんを増やしてはいかがですか」

「欲しいですね、バイト」

木嶋店長がにこにこと答える。

だったら、と言おうとしたわたしより先に、木嶋店長が口を開く。

「人件費は粗利《あらり》の何パーセントまでという、利益が出る出ないの割合があるんです。残業代を減らさないと新しいバイトは雇えないと言われました。ねえ、久住総務部長」

話を振られた久住部長が焦《あせ》る。

「だ、だってそれは、数字としては、その、新たに雇える枠というものがあるわけで」

「社員の木嶋さんの残業代より、バイト代のほうが安いですよね」

わたしは久住部長に訊ねる。

「単純に考えればそうだけど、交通費や責任など、単純にはいかない部分もあるわけで、……まああの、検討しますよ。ただ人件費を増やすなら売り上げも増やさないといけない。そこはがんばってもらわないと」

久住部長が、今度は木嶋店長にボールを投げる。

「それはもちろん、わかっています。展示物で人目を惹《ひ》いたり独自フェアを企画したりSNSを使ったり。ただなかなか」

「さっき朝倉さんに説明していたように、売れない本は返せるじゃない。インポート事業部の輸入食品は買い切りだよ。売れると見込むものを仕入れ、最後まで責任持たなきゃいけないんだ。それよりずっと気楽じゃないの」

「その代わり、再販制度で本の価格は定められてますよ。売り切るための値下げができない。売れる本ばかりが入るわけじゃない。いくら取次に交渉しても、うちの規模では欲しい冊数が入らない。返品率が上がればなお減らされる」

木嶋店長が、取次なるものについて説明してくれた。出版社と書店の間に入っている、おおざっぱにいえば問屋だが、過去の売り上げ実績や返品率その他で各書店に送られる本が配分されるそうだ。基本的には、書店は「本の販売委託先」なのだと。

「どうすれば売り上げが増やせて、粗利における人件費の割合を減らせるのか、簡単には答えが出ないわけですね」

もちろんですよ、とばかりの目で、木嶋店長からも久住部長からも見られた。すみません、言わずもがなのことを。ただ、わたしの立場からも言わなくてはいけないことがある。

「実際の行動を証明できない時間もありますが、レジの記録や荷受けの記録が残っている時間は、仕事と受け取れます。木嶋さんのご家族が労基署に訴えた場合、そこは追及を受けるでしょう。訴えないにしても、長時間労働による健康被害や、出勤していないはずの日に労災が起きたら、という問題もあります。ご家族の心配は、むしろそちらですよね」

木嶋店長が苦笑する。

「ええ。労基署というのも多分脅《おど》しだと思いますが、僕の説明で納得してくれずに本社まで出向いてしまったぐらいなので、半分半分かもしれません」

勘弁《かんべん》してよ、と久住部長が肩を落とす。

「人件費を抑えたいお気持ちはわかりますが、実態に沿った残業申請をお勧めします」

わたしがそう言うと、木嶋店長は、わかってます、でも、と首を横に振る。

「利益が出ないと、ここの店がなくなってしまいます。それは困るんですよ」

3

久住部長にまた電話が入り、申し訳ないけれどと帰ってしまった。自分のほうでも売り上げを増やす方策を考えると言いながら。

「もともと別の業界の人だから、なかなか理解してもらえないんですよね」

木嶋店長がぼそりと言う。

「この店がなくなる可能性もある、ってさっきおっしゃってましたね。そんなに利益が減っているんですか？」

「書籍の種類や出版社により異なりますが、一冊につき書店の取り分が二割ほど。これが粗利です。そこから諸経費を引きますから、利益はかなり少ない。本という品物も売れなくなっている。朝倉さんは、書店が次々に閉店しているというニュースを見たことありませんか？」

僕らの業界では危機感を持って受け止められています、と木嶋店長が続ける。言われてみれば、大学時代によく通っていた書店は、もうない。

話は終わったが、わたしはなんとなく売り場をぶらついていた。一冊でも売り上げに貢献できればと思ったのだ。でもなにを買えばいいのやら。

わたしを買って、とばかりに、さまざまな口調であおり文句の書かれた紙が、棚に貼られたり、本の間からぴょんと出たりしていた。ふうん、と思いながら読んでいく。

「わ、これ手書きだったんだ」

猫のイラストが描かれていたので印刷物だと思っていた。近くで、ふふ、とかわいい笑い声がした。

「そのPOP《ポップ》、店長が描いたんです。上手でしょう」

紺色のエプロンをつけた二十歳前後の女性だった。わたしが店に来たときにレジカウンターにいた人だ。あおり文句の紙をPOPと呼ぶという。

「とてもお上手です。もしかして、これ全部ですか」

「他のスタッフが書いたものもありますよ。でもイラスト付きのは店長です。そんなことやってるから時間足りなくなるんですよね、って。わかるけど」

スタッフにも言われてるよ、とわたしは苦笑した。本社の人間や店長とともにバックヤードに入っていたからだろう、わたしの用向きは彼女にも説明されていたようだ。松《まつ》本《もと》です、と名乗られた。大学生だそうだ。

「バイトのシフトはきついですか？　木嶋さんがかなり穴埋めをしているようですが」

すみません、と松本さんが舌を出す。

「うちの店、大学生多くて、夏休み明けが試験期間だった子もいて。これからがんばります。だから店長を責めないでください」

「責めたりなんてしてないですよ」

「そうですか？　でも上が代わってから、いろいろ言われてて。あたし、去年からここにいるんだけど、まえはもっとゆったりしてたんです。って、だから潰れかけたのか」

あはは、と松本さんが笑う。明るい感じの子だ。職場環境は悪くないのだろう。

「そのPOPも、そんなに手をかける必要があるのかって。さっきのあたしのセリフ、本社の人に言われたことです。でも目を惹くから、やっぱ違いますよ。何パーの違いかって問われるとわかんないけど、紹介したものが売れることは嬉しいし、少しでも売れると思うとやめられないですよねー」

他のお店もやってますしね、と松本さんは続ける。他店で効果が出たものはいろいろ試しているそうだ。テレビで話題になった本の映像CMを、店のモニターで流したりもするという。

閉店間際だからか、店には肝心の客はいない。木嶋店長がレジ前で相手をしている人だけで……、とあれはさっきの、ターコイズコーヒーの店長だ。

「店長と話をしている人、向かいの店の。油を売っているって、若い方に言われてました」

「ああ、例のカップルですね。向かいの辻《つじ》店長、よく逃げてくるんです。うちの店長とも仲いいですよ。以前からだけど、ここのとこは特に。似た立場だからかなあ」

「似た立場？　どういうことですか」

「上が代わったっていう。辻店長ももともとカフェ……ううん喫茶店、やってて。潰れてターコイズに権利を買い取ってもらったみたいです。だからうちに同情的で、店長も愚痴《ぐち》を聞いてもらってて。あたしたちも励まされました。店は残ったんだからがんばれって」

「店がなくなるかもしれない危機感は、みなさんにあったんですね」

「店長ほどじゃないにしても、それはもちろん」

ところでそろそろ閉店ですがなにかお買い上げになりませんかと、松本さんが押してくる。わたしはなにを買っていいのかわからなくて、と正直に話す。

「そういうときこそ店長ですよ。本のソムリエなんだから」

店長ー、と松本さんが明るい声でレジカウンターに向かう。説明もしてくれたようで、すぐに木嶋店長がやってきた。

「普段はどういう本をお読みになりますか？」

木嶋店長が優しい笑顔で訊ねてくる。

「仕事の本が中心で……実はあまり。学生時代は小説も読んだんですが、時間がなくて」

では久しぶりに軽いものを読みますか？　それでも寝てしまいそう？　ならば短編集を。エッセイはいかがですか。旅行記で気分を変えるとか。写真が中心のものも楽しいですよ。

次々に候補が出てくる。木嶋店長は、なぜかとても嬉しそうだ。

結局、わたしは料理のレシピ本を買った。忙しくてコンビニ食が多くて、という話をしたところ、簡単で短時間でできて栄養のバランスがいい料理、なんて魔法のような本を紹介されたのだ。わたしに魔法が使えるのだろうか。

4

「使えたんですよ。嘘みたいなんですけど！」

翌日、興奮したわたしは、事務所で素子さんと丹羽さんに訴えた。

「エスカレーターを下りながら最初のページを見て、帰りに食品売り場に寄って、書かれているままトマトとベーコンとシメジと冷凍のブロッコリー買って、切って耐熱容器に入れてちょっと水加えてレンジでチンで胡椒《こしょう》振って。あとは家にあった食パン。美味《おい》しかったです」

「トマトにはうまみ成分であるグルタミン酸とアスパラギン酸が入っているし、ベーコンにはイノシン酸、きのこにもグルタミン酸、それは美味しいでしょうね」

「ビタミン、ミネラル、タンパク質、脂質、食物繊維か。パンが炭水化物。カルシウムが欲しいところだね。粉チーズを振るべき。塩分はベーコンで充分」

素子さんと丹羽さんが続けて言う。仕事だけでなく主婦業もベテランのふたりにはかなわない。

「本もすごいんですけど、木嶋さんがすごいんですよ。今まさにわたしに必要な本を、選んでくれました。本によるとトマトは美肌にもいいそうで、ハードワークを乗り越えられそうです」

　それはトマトがすごいのでは？　と丹羽さんが突っこみを入れてくる。

「かもしれないけど、本を紹介されなければ気づけないし。なんとかしてあげたいんですよね。売り上げを増やすか、人件費の割合を減らすかの手伝いを」

　そうは言ってもねえ、と素子さんと丹羽さんが顔を見合わせる。

「仕事で毎日忙しいと、本はネット頼みになるわよねえ。家で受け取れなくても近くのコンビニに配達してもらえるし。みんな本屋さんに行かなくなるわねえ」

　と素子さん。

「ヒヨコちゃんだって、以前、ネットで服を買ってるって言ってたじゃない。あたしは、服は怖くて買えないな。サイズだけでない個別対応が、なんていうかね」

　決して太ってはいない丹羽さんだが、今年は夏痩《や》せできなかったと言っていた。

「その個別対応なんですよ、木嶋さんの本の紹介は。バイトの松本さんがソムリエと言ってたんだけど、まさにそのとおり。だから思ったんです。援護射撃をできないかって」

「援護射撃？」

「事務所で出しているメルマガがありますよね。届出ものや法律改正、労務管理についての注意喚起などをお知らせしているものが。あれで紹介できないでしょうか」

メルマガの文章を書くのは持ち回りだが、送信作業やメンテナンスは丹羽さんの役割だ。丹羽さんに相談したところ、山田所長に許可をもらってと言われた。クライアント回りの所長の帰りを待って訊ねたが、答えは、NOだった。

「どこの会社と契約しているかは明かせないし、京堂コーポレーションさんに許可をもらったとしても、それをやったら他の会社も、うちも宣伝してくれと言いだしかねないからね」

所長に言われた。たしかに、宣伝の依頼が集まるのは困る。

「すみません。ぴったりな本を選んでもらえたので、ついつい嬉しくなって」

「気持ちはわかるけれどね。それで、肝心の残業の件はどうなりました？　本人が残業申請をしていないため総務部では把握できていなかった、でいいのかな？　一定時間以上の残業申請をするなと、上が言い含めるようなことはしていない？　労基署うんぬんって話になってるときに発覚すると、大変だからね」

所長が訊ねてくる。

「木嶋店長とも話しましたが、指示はないようです。店がなくなるかもしれないという危機感から、自分でセーブをかけていたと。過少申請のリスクも伝えたんですが、今のままでは変わらないかもしれません」

「結局は売り上げ増や、人件費減のための仕事量セーブが必要不可欠ということだね」

「もうひとつアイディアがあるんです。わたし、帰りに食品売り場に寄ったんですが、店員さんは渡したお金をそのまま機械に入れ、自動でおつりが出てきました。そういった、レジスターの自動化みたいなもので、効率化が図れます。美空書店だけでなく京堂珈琲やインポート京堂のレジにも一緒に導入しませんかと、久住部長に提案してみます」

　それなら京堂コーポレーションの子会社になった意味がある。わたしはそう思った。木嶋店長たちは上がわかっていないと言い、久住部長は社長のわがままで面倒を押しつけられたかのように言う。反目していてもことは動かない。

「機械の値段に見合うだけの人件費が削れるかどうかだろうね。同時に、その方法で美空書店ビバルディ中央店での仕事量が減るかどうかも」

「やっぱり売り上げ増が一番ですよね。もちろんそうなんだけど」

　でもどうやって？　久住部長以上に門外漢のわたしでは、見当もつかない。

「テレビとかで取り上げてくれればいいのにねー。そのソムリエさんを」

　丹羽さんが、軽い調子で口を挟んでくる。

「有名になってお客さんがたくさん来て、ですか。理想だけど、そんなツテは」

「ヒヨコちゃんがポンポン持って踊るとか？　チアダンスを」

踊れません、踊ってもお客さんは来ません。と答えると、丹羽さんは笑った。

「一斉告知は駄目だけど、個人的なおつきあいの範囲なら、口コミを止める理由はありませんよ。クライアントだと告げずに、興味深い書店で本を薦められて買ったらアタリだった、ぐらいにして」

所長が、少しだけ歩みよってくれた。

5

仕事の手が空いた数日後、わたしは美空書店ビバルディ中央店に出向いた。土曜日の午後という時間帯もあり、店は先日より賑わっていた。忙しいなか、木嶋店長が応対してくれる。今日も目の下の隈は消えていない。

「あのレシピの本、活用しています。あれがあまりにもわたしにピッタリなので、周りの人にこちらのお店の紹介をしてるんですが、内容紹介のPOPも素敵なんですよー、という話が、なかなか伝わらなくて」

「それで写真を撮りたいということですか？　どうぞかまいませんよ」

木嶋店長が穏やかにうなずく。

「これ一枚書くのにどのぐらい時間がかかるんですか？」

「ものによりますね。……久住さんから聞いたんですか？　こういうもののせいで仕事の効率が悪いって」

「いいえ。そんなつもりで言ったわけじゃ」

本社の人にそう言われたと、教えてくれたのは松本さんだ。

「僕が不器用なせいもあるんですよね。手の抜きどころがわからないんです」

「久住さんからはその後、なにか連絡がありましたか？」

おつりが自動で出てくるレジスター、調べたところ、自動釣銭機という名前だそうで、その件は久住部長に伝えていた。他の書店や飲食店ですでに導入しているところもある。

「文房具の売り場面積を増やさないかと提案されまして」

ほんの少し、木嶋店長の眉尻《まゆじり》が落ちた。どういうことですかと訊ねる。

「書籍より文房具のほうが利益が出るからと、ここのところそちらを増やす書店が多いんです。久住さんも久住さんなりに調べてくれたのでしょう。ただ、それでは文房具店が増えていくだけで、いつか飽和状態になります。うちはあくまで書店なんですよね」

「その気持ちはわかりますが、売り上げは増やさないといけませんよね」

「ええ。その量というかバランスで、攻防中です」

レジカウンターで鐘を鳴らす音がした。木嶋店長がそちらを見る。

「レジ応援をという合図です。お客さまが並んでいるので、ではまた」

木嶋店長が足早に去っていく。

わたしはスマホを取りだした。面白そうなPOPを撮影していく。目を惹くPOPは、同じ筆跡のものが多い。イラストがついているところを見ると木嶋店長の手によるものだろう。字も丁寧《ていねい》で几帳面だ。

木嶋店長は、本を売るという仕事に矜持《きょうじ》を持っている。シフトの穴埋めをし、残業申請をせず、POPを書き店内を飾りつけて。この内容紹介の文章も自分で考えているのだろう。わたしでは気づけない工夫も、いろいろとしているに違いない。

誇りを持てる仕事に就けているのは幸せなことだけど、今のペースで続けてだいじょうぶなんだろうか。彼の妻も同じように危惧《きぐ》したからこそ、本社に乗り込み、脅しをかけてきたのだろう。

わたしの目の端に、明るい水色が飛び込んできた。この間の、ターコイズコーヒーの辻店長だ。紺色のエプロンをつけた大柄な男性スタッフと話をしている。

と。その大柄な男性スタッフが、わたしのほうにやってきた。先日の夜はいなかった人だ。

「お客さま。写真の撮影はご遠慮ください」

「え？　あの」

「申し訳ないのですが、写真は困るんです。書籍は情報ですので」

「失礼しました。ただ、木嶋さんにPOPを撮らせてくださいと許可を得てるんですが」

「お知り合いでしたか。なんだ。あ、デジタル万引きの人がいるって教えられたので。一応、確認しますのでお待ちください。ええっと店長は……」

デジタル万引き？　デジタルで情報の万引きをするってこと？　わたし今、辻店長に疑われてたわけ？

ショックを受けたまさにそのとき、野太い男性の声が聞こえた。

「店員さん、万引きだぞ！」

え？　と一瞬思ったけれど、わたしのことではなかった。店から飛び出した少年が、バックパックを胸元に抱えて猛スピードで走っていった。先日会った松本さんが追っていく。周囲の客たちが動きを止めてそちらを見る。わたしと話していた男性スタッフも、慌《あわ》てて追いかける。

彼らより動きが早かったのが、木嶋店長だった。レジカウンターからはすでに出ていたようだ。通路を走って逃げていく少年を、勢いよく追っていく。

通路にも客は多かった。巻き込まれてはいけないとばかりに避《さ》ける人たち。きゃあとかわあとか、悲鳴も聞こえていた。

わたしもあとを追った。スタッフの三人ほど速くはない。ふいに、うわあ、という大きな声と、なにかが落ちる音が聞こえた。駆け寄ったところ通路脇に階段がある。階段の下、二階と一階との踊り場になっているところで、木嶋店長が横たわってうめき、松本さんがそばで茫然としていた。

「木嶋さん！　だいじょうぶですか？」

わたしが下りていくと、松本さんが救急車を呼んでくださいと頼んでくる。

しばらくすると息を荒くした男性スタッフが、階段を上ってきた。

「……すみません、逃げられました」

あとで聞いた話だ。コミックスをバックパックに入れた少年を目撃した客が大声で叫んだとき、少年を制止できるスタッフは近くにいなかった。少年は店と通路の境目あたりにいたので、叫ばれたことが逆に逃げる合図になったようだ。わたしの行為を見咎《みとが》めた辻店長が男性スタッフを介して注意してきたけれど、その対応こそが正解なのだろう。

少年を追いかけた木嶋店長は、階段でいったん捕まえたものの、抵抗されて突き落とされたという。病院で診てもらったところ、脚の骨が折れていた。

6

「大変申し訳ありませんでした。わたしがお仕事を邪魔してしまったため、万引きが発生し、木嶋さんに怪我《けが》までさせてしまって」

月曜日になってやっとつかまった久住部長に、電話越しに頭を下げた。

「いやいや朝倉さんのせいじゃありませんって。万引きも一定頻度《ひんど》であるし、怪我は犯人のせいなんだし、どうかそんなに気になさらないでくださいよ」

久住部長から慰《なぐさ》められた。それにしても一定頻度なんて、と驚くと、いやいやいや、と肯定とも否定とも取れる返事が戻ってくる。

「トータルで、ですから。京堂珈琲とインポート京堂と美空書店の全店舗を合わせた話。でも本当に困りものなんですよ。商品にタグをつけてゲートを設《もう》けるという方法もあるんですが、本は点数が多い上に単価が安いからなかなか難しくて」

安いといっても、今回の被害はコミックス十冊だった。一冊につき書店の取り分が二割ほどとのことだから、粗利で単純に考えると五十冊売ってやっと十冊の損がトントンだ。純利益で計算するなら、もっと多く売らなくては補塡《ほてん》できない。警察の事情聴取でも時間を取られる。下手《へた》をすると半日仕事だそうだ。

「木嶋さんは、本来の業務ではないことに時間が取られることが多いとおっしゃっていましたが、万引き犯への対応もそのひとつなんですね」

「その分の残業を、仕事の予定に組み入れるわけにもいかないですからねえ。クレーム処理やその他の突発事項、小売業は読み切れない部分が多くて。メーカーさんの残業規制ほど簡単にはいきませんよ」

久住部長が愚痴る。木嶋店長の妻にまたなにか言われたのだろうか。

「美空書店ビバルディ中央店さんのお仕事は、回っているんですか？　木嶋さんはしばらくお休みですよね」

「他店の社員を一時的に応援に入れました。あとはバイトがシフトを増やしたようです。木嶋の骨折も、手術でボルトを入れて固定するらしいから、そう長くは休まないですよ。松葉杖で来るって言ってますし」

「だいじょうぶなんですか？　松葉杖で復帰だなんて。デスクワークじゃないのに」

「本人がそう言うんだからなんとかなるんでしょう。こんなことを言ってはなんですが、木嶋が強制的に休みを取る形になって、結果的にはよかったですよ」

——え？

「久住さん、……しかし」

「内緒ですよ、内緒。それではまた」

　あっさりと電話が切れた。

　わたしは思わずデスクに突っ伏した。もやもやするー、とつぶやいてしまう。

「今度はなに？」

　丹羽さんが向かいの席から声をかけてくる。

「美空書店の木嶋さん、入院したんですが、そのせいでトータルの労働時間が減るんです。申請なし残業もその分減ります。なので久住さんが喜んでいるんですよ。でもそれって一時的なことで、全然解決になってない。他店にも、木嶋さん以外に似たような人がいる可能性が高いのに。そうだ。他店から応援を入れたって言ってたから、その人もその人がいた店も、キツいですよね」

「そりゃキツいだろうね」

「ですよねー。根本を解決しなきゃいけないのに」

　でもどうやってその根本を解決すればいいんだろう。わたしはまたそこに立ち戻る。

「だけど木嶋さん、休もうと思えば休めたってことだよね」

　丹羽さんが言う。

「で、でもそれは自主的な休みじゃなくて」

「どんな形でも、可能性はゼロじゃないということだよ。穴を埋めるのは他店の人だけ？」

「バイトの人たちがシフトを増やすそうです」

「だったらその分はこれからも継続できるよね。松葉杖がどうとか聞こえたけど、その状態なら一気に仕事が圧《の》しかかることもない」

「……ひとりで抱え込まないよう、任せられる仕事は任せるように、そうアドバイスするしかないのかなあ」

木嶋店長は見るからに、自分で仕事を増やしていくタイプだ。話を聞いてくれるだろうか。

7

事件の十日後、木嶋店長が店に復帰した。わたしも菓子折りを持って、美空書店へと出向く。久住部長はわたしのせいではないと言ってくれたけど、仕事の邪魔になっていたことはたしかだから。

平日とはいえ夕方だからか、店は混んでいた。

木嶋店長のようすを通路から眺める。器用に松葉杖を使いこなし、懸命に背筋を伸ばし、棚の間を飛び回っていた。

エプロン姿のスタッフと笑い合っているようすを見てほっとした。

木嶋店長の視線がこちらを向いた。わたしは近寄っていき、頭を下げる。

「お元気そうでなによりです。でもまだ大変そうですね」

「ご心配をおかけしました。入院中たっぷり本が読めました」

木嶋店長がにこにこと笑う。

それは趣味なのか仕事から離れられていないのか、どちらなんだろう。でも少なくとも、眼鏡の下の隈は消えていた。ある程度は休めたようだ。

「あまりご無理なさらないでくださいね。他の方にお願いできる仕事は、お願いしていくほうがいいと思います」

「ええわかってます。今こんな状態でしょう、できない仕事が多くて申し訳ないですよ」

本当にわかっているのだろうか。

「朝倉さん、僕、入院しているときにあることを訊ねられて、考えてみたんですけどね――」

と木嶋店長が話しだしたときに、レジカウンターで鐘が鳴った。レジ応援を乞う合図だ。

失礼、と木嶋店長がカウンターに向かう。

カウンターにはお客が三人並んでいた。木嶋店長に笑顔で声をかけている人もいる。

あの人も、わたしと同じように本を選んでもらったんだろうか。

お客も多いし邪魔のようだ。少し時間を置こう。向かいのターコイズコーヒーででも時間を潰して。

立ち去ろうとしたら、松本さんが棚の向こうから手を振ってきた。菓子折りを先に渡しておこうと思い、そちらに行く。木嶋店長に渡したのでは遠慮されそうだ。

「こんにちは。木嶋さん、戻ってきましたね。よかったです」

「ほんとにですよー。もー、大変でした。店長サマサマです」

松本さんが大げさに顔を歪《ゆが》める。

「そんなに？　シフトが増えたという話は聞いていましたが」

「はーい。がんばりましたよ。みんな店長に頼り切っていたことを反省してます。シフト変更のわがままとか聞いてくれてたし」

やっぱり木嶋店長は抱え込んでたんじゃないか、と心の中で苦笑する。

「負担がおひとりに向かわないよう、よろしくお願いします」

「心掛けます。でもやっぱり、気配りとか店長は違うなって実感したんですよね。店長目当てのお客さんもいるし」

「ああ、あの子は本に詳しいからな」

突然、背後から声がかかった。

「辻店長。いらっしゃいませ、またサボりですかあ？」

松本さんがからかうように言う。辻店長はわたしのそばに回り込んできた。

「例のカップルがまたいちゃいちゃとな。邪魔をしちゃいけないと思ってさ」

「でも辻店長が逃げたら、あの人たち、かえって忙しくなるじゃないですか」

と松本さん。

「バレたか。邪魔をしないようにじゃなく、邪魔をしたくてな」

その返事に、松本さんが楽しそうに笑う。このタイミングで菓子折りを渡すのもなんだし、とわたしはふたりから離れた。

ふと、辻店長と背中合わせのあたりにいる客が目に入った。制服を着た男子生徒、顔立ちからみて多分高校生だ。床に鞄《かばん》を置いて、文庫本のページをぱらぱらと繰っている。平面の台に戻しながら、手前に積まれた本を抜き取り鞄に入れた。

ええ？

と声が出そうになり慌てて止めた。先日の二の舞になってはいけない。誰かスタッフに知らせなくては。

松本さんに手を振って伝えようとしたが、思いとどまった。派手なアクションを起こしては逃げられる。目で合図をした。駄目だ。話に夢中で気づいてもらえない。

男子生徒に気づかれないよう、そっとあたりを見回した。木嶋店長は遠すぎる。他に誰か、と思ったところで先日の大柄な男性スタッフと目が合った。あのあと名前を聞いている。たしか三ヶ田《みかた》さん。彼の目を見ながら視線を男子生徒にスライドさせる。二度繰り返したところで、三ヶ田さんの表情が引き締まった。三ヶ田さんが足音をひそめて男子生徒の背後からやってくる。高い身長を伝わった。さらに爪先立ちして、床に置いた男子生徒の鞄を覗《のぞ》く。わたしに小さくうなずいた。

「なにかお探しですか？」

三ヶ田さんが男子生徒に声をかけた。別に、と答えて男子生徒が立ち去ろうとする。足早になっていく。

青色の床からクリーム色の床に足を踏み出したとたん、再び三ヶ田さんが声をかけた。

「レジを通してない商品がありますよね」

「知らない」

「ちょっとこちらに来てくれるかな」

三ヶ田さんが男子生徒の腕をつかもうとする。それをすり抜けて、男子生徒が走る。ようすに気づいた松本さんも動いた。逆の方向に進む。挟みうちにするのかも。

わたしが追うべきだっただろうか。今日は十日前、先日の土曜日より店員が少ない。レジカウンターにも列ができていて、ふたりもいなくなっては業務に支障が出そうだ。もしもこの隙《すき》に——

と、思ったとき、わたしの脳裏にいくつかのシーンが浮かんだ。

あの日、三ヶ田さんはわたしに注意をしていて、万引き犯を追うのが遅れた。あのときあの人もこのお店にいた。さらに以前、わたしが初めてここにやってきたとき、あの人はわたしに注目していた。なぜだろう。

もしかして、いやまさか、と思いを巡らしていたら、久住部長から聞いた話が頭の中にふいっと下りてきた。ブックカフェを作るという構想を持って、京堂コーポレーションは美空書店を手に入れた。でもビバルディ中央店にはその予定がない。なぜならば。

その人が、そっと美空書店から立ち去ろうとしている。

「待って！　待ってください、辻さん」

え？　と辻店長が、訝《いぶか》しげにわたしを見た。

「十日前あなたは、わたしがお店の写真を撮っていると三ヶ田さんに声をかけ、注意をさせましたよね。その隙に、万引き事件が発生しました」

「そうだったか？」

辻店長は、いっそう怪訝《けげん》そうな表情になった。

「今も同じでした。あなたは松本さんに声をかけ、先ほどの男子生徒を背中で隠すようにしました。そして松本さんの注意が逸《そ》れているときに、万引きされました」

「知らんよ。万引きは、小売店ではままあることだ。なにを言ってるんだ。きみは誰だ」

「こちらのお店の関係者です。朝倉と申します」

どうかしたんですか、とひょこひょこ松葉杖をつきながら、木嶋店長がやってくる。

「なんでもないよ。この女の子が変なことを言っているだけだ」

辻店長が、用はないとばかりに手を横に振るが、わたしは続けた。

「怪しいそぶりをしている人に注目しているんですよね？　店員の動きを見ていて隙を窺う、防犯カメラの位置をたしかめるなど、普通のお客のようすとは違うその動作は、本人が思う以上に怪しく見えるでしょう。木嶋さん、お客を観察していて、この人は怪しいと、そんな風に思うことはありませんか？」

話の内容がいまひとつわからない、という表情を浮かべながらも、木嶋店長はうなずく。

「おかしな動きをする人には気づきますね。でもそれが、えー、どういうことです？」

「辻さん。十日前の、さらに数日前、あなたはわたしも、そういった怪しげな人間だと思ったんじゃないですか？」

木嶋店長が目をしばたたく。辻店長はむっつりと唇《くちびる》を曲げている。

「わたしは木嶋さんに声をかけようかと迷いながら、お店のようすを見てました。天井や棚の上のディスプレイに気を惹かれ、上のほうを見回してもいました。万引き犯が取りそうな行動とそっくりです。あなたはわたしに注目していました。でもわたしはあなたのお店に向かい、あなたは戸惑いながらも、客として迎えた」

「知らんよ。きみは、自分が他人の記憶に残るほど美人だとでも思うのか？　十日前のさらに数日前？　半月も経ってるじゃないか。そんな昔の客など覚えているもんか」

いいかげんにしてくれと、辻店長が自分の店に向かっていく。

待ってください、と木嶋店長が呼び止めた。

「すみません、誤解は綺麗にしておかないと僕も困ります。朝倉さん、言ってることはわかります。いわば陽動ですね？　誰かが気を惹いてその隙に、というのはありますよ。でもそれは仲間同士でやることです。一方、店には防犯カメラの録画の蓄積があります。捕まえられなくても、万引き犯の映像は残っている。学生とか若い子とか中年とか、男女もバラバラで、辻さんとの共通点は見当たりません。なにより辻さんはいい人だ。僕が保証します」

「共通点は要らないんです。万引きをしそうな感じがする、それだけで」

わたしがそう言うと、木嶋店長が眉をひそめた。

「そんなの理屈にも理由にもなってませんよ。だいいち失礼だ。辻さんに謝るべきです」

「若い女の子のたわごとだ。なかったことにしてやるから、さっさと帰れ」

辻店長が甲を上にして、追い払うように手を振る。

「理由はあります。動機というか。辻さんが、その陽動をするようになったのは半年前か、その少しあとぐらいでしょう。木嶋さん、それ以降の何件かの万引きは、辻さんがお店にいらしたときに起きていませんか？」

木嶋店長がしばし考え込み、やっと口を開く。

「半年前というのは……」

「美空書店さんが、京堂コーポレーションの経営傘下に入ってからということです。書店内にブックカフェを作る予定だという情報は、業界紙などに取り上げられるでしょう。戦々恐々とする同業他社は多いはずです」

「うちの店はその候補に入ってませんよ。館もOKを出さないはずだ。だって」

「隣にターコイズコーヒーがあるから、ですね？　知っています。けれど久住さんはおっしゃいました。隣が撤退したときに店を広くしてもいいと思っている、その話はビバルディ側にも伝えている、と。隣……、通路を挟んだ向かいですね。その持ちかけた話がターコイズさんのほうに伝わったら、どう思われるでしょうか」

わたしの言葉に、木嶋店長は目を見開き、ちらりと辻店長を窺ってから、つぶやいた。声が震えている。

「いい気持ちは、しないと思います。……でも」

「万引きによって、売り上げ額は大幅に削られます。粗利が減れば、人件費は同じでも利益が縮小する。それが続くと、ここに店を出し続けることはできない。……さて、撤退するのはどちらの店ですか」

「いやいやそんな、だって、同じように大手資本に店を吸収されたんですよ。悔しいよねって、でもできることをがんばろうって、仕事があるだけありがたいって……、だから……辻さん」

今までしゃんと背筋を伸ばしていた木嶋店長が、松葉杖にすがりながら言う。

「あんたは今までだって雇われ店長だろうが」

辻店長がぼそりと言う。

「もともとは喫茶店をやってらしたんですよね。権利を買い取ってもらって、それでも買い取られた店に残ったんですよね。この場所なんですか？　離れたくないんですか？」

わたしは辻店長に訊ねる。

「別の場所だよ！　だけどもうこの歳で、やれることなんてないよ。みじめだと思いながらも、雇ってもらってんだよ。木嶋くんはさ、ここがなくなっても、別の店に行けばいいじゃないか。正社員なんだろ？　こっちはいつクビを切られるかわからないんだよ」

絞りだすような声で、辻店長が言った。だけどな、と続ける。

「私がなにをした？　本を選ぶために店員に声をかけただけだ。女の子が本の写真を撮っているると注意しただけだ。親しい店員の女の子に話しかけただけだ。関係ないじゃないか」

万引き犯との共犯関係を示す証拠などない――、辻店長はそう言っている。

木嶋店長が悲しそうに、その顔を見つめた。

こっちに来てください、と男性の声が聞こえた。三ヶ田さんだ。

目をやると、三ヶ田さん、制服の男子生徒、警備員、の順に横並びで通路をやってくる。

「今回は捕まえました」

通りかかりながらそう短く言って、バックヤードがいいでしょうか、館の警備室につれていきましょうか、と、木嶋店長に小声で訊ねている。

「警備員さん呼べるタイミング、あったのか」

気を取り直したような表情で、木嶋店長が言う。

「松本《まつも》っちゃんが、連絡してくれて、ギリセーフです」

誇らしげな表情を、三ヶ田さんはレジカウンターに向けた。いつの間にか、松本さんはその内側に立っていた。一瞬の笑顔を向けてくる。反対側に走っていったのは、そちらに警備員を見かけたからだったのか。

大柄な三ヶ田さんと、険しい顔つきの警備員に挟まれ腕をつかまれている男子生徒は、辻店長をちらりと見てつぶやいた。

「つかえねー。壁になるって、聞いたのによ」

それがどういう意味なのかは、このあと夜中近くまでかかった事情聴取で明らかになった。

8

「解説します。辻店長の行動は、高校生の間でこっそりと共有されていたんです。高校生のほうも問題で――」

「万引きでしょ。窃盗だよ。問題に決まってるじゃない」

丹羽さんがわたしの話に突っこみを入れてくる。

事情聴取につきあわされて寝不足だったわたしだが、それでも翌朝、事務所に行って嬉々として報告した。

「そうなんですが、えー、もともとリーダー格というか、パシリの子にあの店で物を盗《と》ってこいとか言う子がいたわけですね。で、やらせていたリーダー格の子が美空書店でようすを見ていて、辻店長の動きが不審なことに気づき、仲間に教えたようです。辻店長の動機はわからないまま、オレはスゲーこと知ってるんだぞー、といった調子で」

「店同士の仲が悪い程度に思ってたのかも」

丹羽さんが肩をすくめる。

「多分。どうやら高校生たちは一、二ヵ月ぐらい前にはそのようすに気づいていたようです」

皮肉なものだ。辻店長が万引き犯を観察していたように、相手も辻店長を観察していたのだ。遠からず、昨日のような事態になっていただろう。

辻店長自身は、四ヵ月ほどまえから「陽動」をしていた。館の関係者から、京堂コーポレーションが場所を欲しがっていることを聞いたのがきっかけだ。

「それでその辻って人は、どうなるの？　本人が品物を盗んだわけじゃないよね」

丹羽さんに訊《き》かれる。

「幇助罪《ほうじょ》にあたると思います。立証は難しそうなんですが、美空書店の防犯カメラがなんとか証拠になるんじゃないかと」

事件の連絡を受けた久住部長が、これでターコイズコーヒーがある場所が空くのでは、なんて嬉しそうだったけれど、彼は雇われ店長だ。別の人が店長としてやってくる公算のほうが大きい。

「朝倉さん。その事件が解決したのはいいけれど、木嶋店長の残業削減、店の人件費の削減は進みそうなんですか？」

今までにこにこしながら話を聞いていた所長が、訊ねてくる。もちろんそれが、本来のわたしの目的だ。

「万引きによる損失はかなり大きいので、それがなくなれば粗利は上がります。また、事情聴取などで失う時間も減り、人件費との割合比率も改善の方向かと。他にも悪いことをする人はいるでしょうから、ゼロにはならないかもしれないけど。自動釣銭機の件も、もう一度久住部長にプッシュしてみます」

「お店を宣伝するって話は？」

丹羽さんがまた突っこんでくる。

「えーっと、そこは地道に、木嶋さんのソムリエぶりが、マスコミ関係者まで伝わるといい、なあ」

所長が苦笑している。

「……あ、そういえば」

「どうかしましたか？」

「事件の前に、木嶋店長と話していたんですよね。入院中にあることを訊ねられて考えてみた、って。なんだったんだろう。あれっきりになってました」

答えは、後日わかった。

「営業時間を短くするんですか?」

久住部長からの電話に、わたしは驚いた。

「ビバルディ中央はその方向に進みそうです」

「美空書店が、じゃなくて、館《やかた》がですか」

わたしの質問に、久住部長が高らかに笑う。

「朝倉さん、言葉のチョイスが内部関係者みたいですよ。正確には、平日の営業時間のみ一時間または三十分減、二階以上か専門店部分が対象のようです。食品売り場とシネコンは変わらない、とのことで」

「営業時間が短くなれば、当然、労働時間は減りますね。でも売り上げも減ってしまいませんか?」

「そうでもないんです。木嶋が調べていました。ビバルディ中央においては、平日の閉店前一時間は人があまり来ない。たまにシネコンの客が流れてきますが、上映している映画の関連本はそちらの売店にもあるので、時間潰しの立ち読みがほとんどと」

そういえばわたしが最初に美空書店ビバルディ中央店に行ったとき、食品売り場でせかせかと買い物をする客はいたが、二階の客は少なかった。書店も閑散としていた。

「その話、木嶋さんの入院中に出たんですね？」

「見舞いに来た館の人が、打診というか、来客者数について訊ねてみたそうです。向こうだって、建物に客を迎えるためには諸費用がかかる。人が入っていないようなら閉められないか、と」

そうか。最近は休みを増やすデパートもある。二十四時間営業をやめた飲食店もある。同じ方法を取ったということなんだ。

「というわけで、木嶋の件は無事解決です。これであの怖い奥さんから責められずに済む。いやあ、入院先に見舞いに行ったときに鉢合わせまして、睨《にら》まれました。怪我をしたのは私のせいじゃないし、今、休めてるじゃないかと思ったんですが。朝倉さんにもお世話になりました。ありがとうございました」

ました、って、過去形？　いやいや、解決したのはビバルディ中央店に勤める木嶋店長の件だけじゃないか。

「久住さん。似たようなことが他の店でも起きているかもしれません。先日提案させていただいた自動釣銭機とか、アンケートや注意喚起なども進めていったほうが」

「もちろんです。釣銭機もキャッシュレス化や無人レジとともにどれがいいか検討中です。店のようすに目を光らせてもいきます。ではでは私、ミーティングがありますのでこれで」

ありがとうございました、またよろしくお願いします、と再び繰り返し、わたしが次の言葉をつなげるまえに、電話は切れた。その調子の良さに、だいじょうぶかなと思ってしまうけれど。

外的要因とはいえ、労働時間が短くなりそうなのはよかった。利益率を考えて残業申請を控えることもなくなるだろう。木嶋店長の目の下の隈が、消えたままでありますように。

「ヒヨコちゃんに、なんか届いているんだけど」

郵便物を選《よ》り分けていた丹羽さんが、興味深そうにしながらエアキャップ封筒を渡してくれた。木嶋店長からだ。

「……本だ。写真集？」

空の写真を、たくさん集めた本のようだ。めくっていくと、快晴の青空、雲のある空、夕焼け、星空など、さまざまな空が載っている。

「事情聴取のあと、今度お伺いしたときにまた本を選んでください、って話をしてたんですよ。まさか送っていただけるなんて」

「なるほどね。ご心配をおかけしたお詫《わ》びとお礼です、ってあるね」

丹羽さんが、わたし宛ての手紙を勝手に読む。

「駄目ですよ。返してください」

取り返した便箋《びんせん》には、ＰＯＰと同じく几帳面そうな字が並んでいた。

「美空書店からの連想で、空の写真集？」

「そうかも。木嶋さんもお気に入りの本って書いてあり……ん？」

どうしたの、と訊ねてきた丹羽さんに、わたしは黙って便箋を手渡す。

「──最初にお越しになったのが夜の八時すぎ、次にいらしたのが土曜日。朝倉さんもさぞお忙しいことと存じます。この写真集、眺めるだけで旅行にでかけた気分になりますので……ぐふ、ふふふ、あはは」

読んでいるうちに笑いが止まらなくなった丹羽さんを、横目で睨む。

「笑うところじゃないですよ。木嶋さんはわたしを気遣ってくれてるんだから」

「人の残業時間うんぬんの前に、ヒヨコちゃん自身もなんとかしなよって思ったんだよ。あれだほら、オマエモナー、っていうんだっけ」

「たしかに、夏休みらしい夏休み、なかったですけど」

「ヒヨコちゃん自身の働き方改革も、必要なんじゃないー？」

お茶でも淹《い》れていたわってあげるよと、丹羽さんが笑いながら給湯室に向かった。だって仕事があるしー。そうつぶやいて目を向けた写真集のページに、澄み切った青空が広がる。遠い異国の空が、ここにおいでよと誘っている。

わたしは席を立ち、窓のブラインドを上げた。ビルとビルの隙間に、青の色を見る。
今日も明日も仕事はある。だけどここにも空はある。
せめて、空を見上げよう。

藪の中を探れ

1

「――なるほど、わかりました。そうなると私ではなく、……はい。……はい」

山田《やまだ》所長が、険しい表情で電話に応《こた》えている。

コピー機のそばからデスクに戻った丹羽《にわ》さんに、なにごと？　と小声で訊《たず》ねられたが、わたしにはわからない。

「丹羽さんが電話をつないだんですよね」

「そうだけど、いつも報告だけでするっと終わるクライアントだから、不思議だと思って」

「どちらさまですか？」

「コスメａｙｕｍｉの下津《しもづ》総務部長。所長と同じ歳くらいなんだよね。個人的なことかな」

漏《も》れ聞こえる所長の言葉からは、仕事にしか思えない。そして、いつもはするっと終わるのなら、手に負えないからこその相談だろう。嫌な予感がする。

電話を切った所長は、わたしに顔を向けてにっこりと笑った。

「朝倉《あさくら》さん、ちょっといいかな」

ああ、アタリだ。


「セクハラの聴き取りに立ちあうんですか？」

「そう。僕が担当してる会社なんだけど、お願いできるかな。セクハラ防止の研修など、基本的なことはおこなっているんだけど、実際に訴えがあったのは初めてだそうだ。なにをどうすればいいか困っているというんだよ」

所長は穏《おだ》やかにほほえみながら、わたしの反応をたしかめるように見つめてくる。

「当事者双方の言い分を聞いて、会社としてどう対処すべきか、アドバイスをさせていただくんですね？」

「うん。今回、ひとりの社員から総務のコンプライアンス担当に相談があったんだ。セクハラに遭《あ》った人間がまず訴える先だからね。社内でセクハラ行為者と被害者に聴き取りをして、しっかり対応するのが第一段階。もちろん再発防止策も忘れずにね」

所長が、人差し指を立てる。

「互いの納得が得られなければ、各都道府県の労働局雇用環境・均等室に調停の申し立て、が第二段階ですね」

「そう。裁判までいくと第三段階。世間の耳目《じもく》も集めてしまう。で、念のためだけど、朝倉さんは特定社労士の資格をまだ持ってないから、第一段階までね。あくまで社内でのアドバイザー、問題が収まるようにサジェスチョンしてほしいんだ」

雇用環境・均等室――東京や大阪など大都市圏では雇用環境・均等部――は、公正な第三者として、双方の納得が得られるよう解決策を提示したり、労働紛争を解決するための、あっせんや調停を用意してくれる。特定社労士――特定社会保険労務士はその代理人になれる。ただしそこまで。それ以上は非弁行為になり、弁護士資格がないため代理人行為はできない。

「わかりました。ところでどうして所長が立ちあわないんです?」

所長は、特定社労士の制度ができて早々に資格を得ていた。経験を積ませてやろうという親心だろうか。手強そうだなという怯《おび》えとともに、やってやろうじゃんという前向きの気持ちも湧いてくる。

「まだ聴き取り、ヒアリングの段階だけど、立ち合いは男女の両方がいたほうがいいと考えているそうだ。それぞれの平均的な感じ方を判断のもとにするためにね。下津部長は男性だから、女性をよこしてほしいという要望だ」

「なるほどです。あ、改善策のひとつとして、コンプライアンス担当には女性を含めたほうがいいですよね。相談のハードルも下がります」

「もちろんいるよ、男性と女性の一名ずつが。今回は男性の下津部長に相談があった。ただ、秘密厳守、知っている人を少なくするために、下津部長のほうが上席ということもあって女性の担当者には伝えていないそうだ。ヒアリングだけで解決しなければ、いずれ知ることになるけれど」

「訴えるならトップの人に、と相談者は判断したんですね」

それもあるかもしれないけど、と所長がうなずいた。

「訴え出たのは男性なんだ。女性の上司からセクハラを受けた、と」

2

セクハラの定義は難しい。男女雇用機会均等法にセクハラの対策規定があり、厚労省が出した事業主向けの文書では、『職場におけるセクシュアルハラスメントは、「職場」において行われる、「労働者」の意に反する「性的な言動」に対する労働者の対応によりその労働者が労働条件について不利益を受けたり、「性的な言動」により就業環境が害されることです。』とある。「職場とはどこか」とか「性的な言動とは」など、詳しくは、厚労省のサイトにあるので見てみてほしい。

当然、男性から女性に対してのものばかりではなく、その逆もあり得る。さらに、『セクシュアルハラスメントには、同性に対するものも含まれます。』と同文書にはある。状況もさまざまだから、セクハラにあたるのかどうかの判断は悩ましい。『労働者の主観を重視しつつも、事業主の防止のための措置義務の対象となることを考えると一定の客観性が必要です。』とも説明されている。まずは話を聞いてみないと、だ。

コスメａｙｕｍｉは、鮎見製薬《あゆみ》の子会社だ。鮎見製薬は大手化粧品会社からの発注で化粧品の中身を作っていたが、自社でもブランドを立ち上げ、十五年前、化粧品部門を独立させた。その経緯から女性が社員の六割から七割を占め、平均年齢も親会社より若い。

……と聞いて華やかな社内の設え《しつら》を想像していたが、ごく一般的な白っぽいオフィスだった。本社は鮎見製薬のビルに間借りし、工場は静岡県にある。

「女性が多いから、今まで、まったく問題がなかったんですよ。職場でいやらしい雑誌を広げるとか、いつ結婚するのかといった質問も出ないし」

総務部そばの狭い会議室で、総務部長の下津さんがしみじみと言った。下津部長は目鼻立ちがこぶりな色白の男性だ。俗に、公家顔と呼ばれるタイプ。

さすがに今の時代、いやらしい雑誌や結婚への干渉など、そこまでベタなセクハラは少ないんじゃないだろうか。ただ、女性から男性に対して、男女とも同性に対してであっても、セクハラは起こるという話はした。

「機嫌が悪いのは彼氏と喧嘩《けんか》したから？　なんて、女性が女性に問うてもセクハラなんでしょうか」

下津部長が疲れたように眉尻《まゆじり》を下げる。どうしようもないことだけど、わたしと相対する人は困り顔が多い。つられないよう、穏やかそうに見える笑顔を作った。

「実際にその人が機嫌を悪くしていても、彼氏と喧嘩をしたかどうかと仕事とは、結びつける必要のないことですよ」

「たしかにそうですね。上司に言われたらムッとするかな。でも彼氏のことをずっと相談してる同僚から、そう問われたら？」

「同僚としての発言か友人としての発言かによっても違いますよね。相手との関係や背景、言い方でも変わってくるので、きっちり白黒つけられるものでもないでしょう。とはいえ、職場でする話題ではないんじゃないでしょうか。それも含めて、個々の状況によりますよ」

「難しいですねえ」

下津部長の眉根に、深い皺《しわ》が寄る。

わかる。難しい。職場でする話題ではないと伝えたものの、わたし自身は、たとえば丹羽さんたちから問われても気にならない。軽口以上ではないとわかっているし、その会話が仕事に影響を及ぼすこともない。もし恋人と喧嘩したのか問いかけるために、仕事以外の時間に会ったとしたら、逆に深刻すぎて引く。ま、今のところ悲しいかなその心配はないけれど。

「漆戸《うるしど》課長からの訴えは、そういう、微妙な部分を問うハラスメントなんでしょうか？」

わたしは下津部長に確認した。部長がため息をつく。

「上司から性的な関係に誘われた、だそうです。もしそれが本当なら微妙どころではないんですが、具体的なところが微妙で」

相談者は漆戸康弘《やすひろ》、三十八歳、独身、宣伝広報部所属。職位は課長だが、入社して二年目の転職者だ。以前は、飲料メーカーの宣伝部に勤務していた。コスメａｙｕｍｉでは数年前から美容飲料の開発に取り組んでいて、来春の発売を予定しているという。漆戸課長はその完成前にやってきた。

「それはいわゆるヘッドハンティングですか？」

ええ、と下津部長がうなずく。

「彼が勤めていた会社が、社長交代の派閥争いの影響で業績が落ち、彼自身も憂き目《うめ》をみたんですよ。鮎見製薬に彼の大学の先輩がいて、引っ張りました。親会社の鮎見製薬にはポストがないけれど、コスメａｙｕｍｉにちょうど開発中の商品があるから、前職を活かした仕事をしてほしいと。うちが飲料に手を出すのは初めてなので、いろいろアドバイスをもらっているようです」

「宣伝広報部のトップではないんですね」

「いくら経験者に来ていただいたとはいえ、二年目ですので。でも課長なので二番手の職位ですよ」

宣伝広報部の部長が、セクハラの加害者とされる上司だ。烏丸《からすま》梨絵《りえ》、四十歳。離婚歴があり、現在は独身。鮎見製薬に入社してすぐ、コスメａｙｕｍｉの立ち上げで異動した。開発部門にいたが、マーケティング能力やデザインセンスにも長けていることを認められ、宣伝広報部の部長に。下津部長によると、優秀で、これからのコスメａｙｕｍｉを背負って立つ人材だという。

「それだけに、今回のことは穏便に済ませたいという気持ちがありましてねえ」

おもねるような笑顔を、下津部長が向けてくる。

「下津部長。それはお勧めできませんよ。セクハラが行われたのが事実なら、加害者は反省して被害者に謝り、会社からも適切な処分を下す必要があります。ふたりを別の部署に離すことも検討したほうがいいでしょう」

「……それはわかってはいるんですが」

「セクハラは許されないことだ、という認識が全社員に行き渡らないと、また同じことが起きます。相談者も、納得できなければ次の行動に移るかもしれません」

「裁判ですか？　それは困ります。なんとか防がないと」

「はい。そのためにまずしなくてはいけないのは、ふたりの話を聞いて、事実関係を把握することです。場合によっては第三者にも訊ねる必要があります」

「順に呼んでいます。もう間もなく――」

下津部長がそう言ったと同時に、扉にノックの音がした。わたしは下津部長に向けていた椅子《いす》を、テーブル側へと向け直す。

さあ、対決だ。

漆戸課長と烏丸部長、ふたりの主張は、食い違っているはず。彼らの話を聞きもらすまい。

3

最初に呼んだのは漆戸課長だ。

背が高く肩幅もあり、スーツ姿が決まっている。太い眉《まゆ》に彫りの深い顔立ちで、多くの人がイケメンと評するだろう。こってり系の顔の俳優を数人足して割ったような感じだ。その漆戸課長は、わたしを見て不思議そうにまばたきをした。下津部長が口を開く。

「うちがお世話になってるやまだ社労士事務所の朝倉雛子《ひなこ》先生。アドバイザーとして同席してもらってます」

「そうですか。よろしくお願いします」

はきはきとした声で応え、まっすぐに前を向く。漆戸課長は営業の経験もあるそうで、人慣れしている印象だ。

経緯を最初から説明してください、と下津部長がうながし、漆戸課長がスケジュール帳らしき手帳を開いて話をはじめた。

「先週の木曜から金曜日、名古屋への出張がありました。ところが宿泊するホテルがツインの部屋しか取られていなくて。その場でもう一室シングルを取ろうとしたのですが、あいにく満室で。そこで烏丸部長に言われました。『私は一緒でいいのよ』と」

漆戸課長が言葉を止め、下津部長を見つめる。

「私は一緒でいいのよ、……ですか」

つられるように、下津部長は繰り返す。

「どういう意味だとお感じになりますか？」

漆戸課長が、下津部長を見ながら問い、そのあとゆっくりとわたしへと視線を移す。

「あー、うん……」

　下津部長の声を耳に入れながら、わたしは漆戸課長にほほえんだ。

「漆戸課長はどうお感じになったんですか？」

「誘ってる、ですよ。そりゃ。頭の中でいろんなことが、ぐるぐるーと回りました」

「いろんなこと？」

　下津部長が訊ねる。

「まずい、どうしよう、本気か。そんなようなものでしょうか。まいったなと思いました。だって向こうは上司です。断ったらどういう処遇になるかわからない。会社に戻ったあと自分の椅子はあるのか。今までこの人、そういう目で僕を見ていたんだろうか、なども」

「その後はどうされましたか？」

　わたしは続きをうながした。

「僕が引いているのを感じ取ったんでしょうね。烏丸部長は、『漫画喫茶は近くにあるかな』と。で、僕も、そういえば以前いた会社の出張で泊まったサウナがあったな、と思いだして電話をして、結局そのサウナに。事なきを得ました」

「きみが誘いを断ったり、向こうが訂正したりもなかったんだね」

「僕が断る言葉を探しているうちに、向こうがうやむやにしたんです」

下津部長の問いに答えた漆戸課長は、でも、と続けた。

「あとで思ったんですよ。漫画喫茶という話を出したのは、一緒に泊まるのが嫌ならそこへ行けということなんじゃないかと。清潔な寝具や湯船は使わせないぞと」

「それはちょっと、考えすぎじゃないのかな」

下津部長が苦笑交じりに言う。

「それぐらいショックだったんですよ。サウナだって、地下鉄で二駅先です。疲れているのに移動しなきゃいけない。……事なきを得たってさっき言いましたけど、この先同じことが起こるかもしれません。断ったせいで不利益をこうむる可能性もある。僕は社会人になって十六年ほどで、タッパもあるし、好きにされることはないけれど、小柴《こしば》くんだったら裸に剝《む》かれちゃうかもしれない」

突然名前の出た小柴くんとは、同じ宣伝広報部の新人だそうだ。入社二年目というのは漆戸課長と同じだが、新卒で入ったため二十四歳だという。

「そういうわけで、きちんと烏丸部長を弾劾《だんがい》すべきだと感じたし、会社にもちゃんとしてもらわないと困ると思ったんですよ」

「え、会社にも？」

と下津部長。

「正直言いますが、うちの会社のセクハラ対策は甘いです。プリント配って終わり。以前の会社はきっちり研修していましたよ」

「うちも管理職研修はちゃんとやってるじゃない。一般社員向けは、自己学習だけど」

矛先《ほこさき》を向けられた下津部長が、わたしをちらりと見て言い訳をした。

「女性が多いから問題は起こらないと安心している。それが僕の印象です。逆セクハラはありますよ」

その部分については、わたしも漆戸課長の言うとおりだと思う。

「漆戸課長、何点か質問があるのですが」

わたしは切りだした。細かいことばかりだが、漆戸課長の話には説明が足りない。

「泊まったホテルは満室だったとのこと。他のホテルには当たらなかったんですか」

「もちろん当たりましたよ。軒並み断られました」

「どのタイミングですか？『私は一緒でいいのよ』という発言の前ですか？ 後？」

「前です。なにかの学会があって部屋が押さえられていたようで、名古屋のホテルは全滅でした。別の市まで足を延ばせば取れたかもしれませんが、地理に明るくなくて」

「では、なぜツインの部屋が取られていたんでしょう。烏丸部長が取っていたんですか？ それともホテルのミス？」

そこはちょっとややこしくて、と漆戸課長が言う。

「最初、烏丸部長と同行する予定だったのは、別の社員、女性でした。先方の要請もあって僕にという話になり、急に変更に。ホテルもその子が取っていました。経費削減で出張旅費を下げられてまして、同性ということもあってツインにしたんでしょう。僕が彼女に、ホテルの部屋タイプを変更しておいてと頼んだんですが、し損ねていたのか、ホテル側はなにも聞いていないと。でも帰ってから本人に訊いたら、たしかに連絡したと言われました」

「だとすると、烏丸部長があなたと性的な関係を持とうとして部屋を取ったわけではないんですね。同室になっていたのは、連絡漏れまたはミス。さらに、他の部屋や他のホテルという選択肢が消えていったから」

「そうなりますね」

「今までに、烏丸部長からセクハラを、性的な言動を受けたことはありますか？　デートや食事の誘いでもけっこうです」

「ない……です。僕が気づかなかっただけかもしれないけれど」

「他の方へのセクハラを目撃したことは？　烏丸部長から女性に対しても含めて」

「わからないなあ。なにしろ僕は二年目で。古い人に訊《き》いてくださいよ」

「周囲で、性的な冗談が飛び交うことは多いですか？」

「下ネタ的なってことですか？　女性社員がどんな話をしてるかは知りませんが、周囲で飛び交う、はないかなあ。それに烏丸部長は、普通の冗談もあまり言いませんしね」

「真面目な人ですよ。堅物というほどではないけれど」

下津部長が補足してくれた。

「それだけに僕も驚きました。そうそう、会食の後だったから、アルコールも少し入っていたんですよ。本性が出たというのは言いすぎかな。外側に装っていたものが緩んだ？」

そういうことはあるのかもしれない。酔った勢いで、という言い訳はよく耳にする。

「烏丸部長のアルコールの量はどのぐらいでしたか？　漆戸課長は酔っていましたか？」

「量？　ちょっとわからないですね。でもぐでんぐでんではないですよ。僕もそんなには。それに、誘われたせいで醒《さ》めました」

「翌日は、烏丸部長とはどんな話をしましたか？　またこの件について、なにか話をしていますか」

「すっかり忘れているようでしたよ。仕事先でそんな話を持ちだすのもなんだし、僕も言いませんでした。ごまかすように昼飯の弁当を奢《おご》られ、新幹線の中でも無視して仕事してるから腹が立って、どういうつもりだったのかと。それでもとぼけられて」

「とぼけるとは、ごまかしたようすでしたか？　自覚していないようすでしたか？」

「本人の心の中の話だからわからないけど、僕はごまかしたように感じましたね」

漆戸課長はむっとした表情になる。

最後になにか言っておきたいことはと漆戸課長に訊ねると、そうですねえ、と言葉を選びながら口を開いた。

「気持ちがざわつくというのが、正直なところですね。こういうことがあると上司に敬意を持てなくなる。厳正な処分を願います」


漆戸課長が会議室を出ていき、しばらくして烏丸部長がやってきた。

ふちなしの眼鏡にナチュラルメイク、中肉中背で髪の色は黒、スーツも黒。手に持った手帳がコーラルピンクで目立つが、全体に特徴の薄い、地味な印象の女性だ。真面目な人、と下津部長に聞かされたが、ひとことで表現するとそうなるだろう。

化粧品会社の宣伝担当、デザインセンスに長けている、という説明から受けるイメージとは大きく異なる。もしかしたら、セクハラについての聴き取りだから地味な恰好《かっこう》をしているのかもしれない。うん。印象でバイアスをかけてはいけない。

下津部長に紹介してもらい、さて、と話をはじめようとしたところで烏丸部長が頭を下げた。

「このたびは私がうかつな発言をしたことで、ご迷惑とお手数をおかけして申し訳ありません」

いきなり認めた？　と拍子抜けした。下津部長と目を見交わす。

「それは、セクハラがあったってこと？」

戸惑《とまど》いを混ぜつつ、下津部長が確認する。

「……漆戸さんがあったというなら、そう受け取られたなら、非難されてしかるべきと思います。ただ、誤解が含まれているのではないかという気持ちもあります」

政治家の発言のような、曖昧《あいまい》な表現だ。とりあえずと、話を聞くことにした。

ホテルの部屋がツインだったいきさつ、満室だったこと、他のホテルにも当たったがどこからも断られたこと、漆戸課長の説明との違いはなかった。アルコールの摂取量は小さなコップに二杯。その後は烏龍茶《ウーロンちゃ》に切り替え、その程度では酔わないと、本人は言う。

違っているのは、私は一緒でいいのよという発言だ。『一緒で』とは言っていないという。

「では具体的に、どんな会話を交わしたんですか？　烏丸部長はどう覚えていますか？」

わたしは訊ねた。

「他の部屋も他のホテルも埋まっていて、理由が学会だと聞き、これはもう当たるだけ時間の無駄だと思いました。それで私は、漫画喫茶に行けばいいと思ったんです」

「ん？　行くのは誰なの？　烏丸さん？　漆戸さん？」

下津部長が身を乗りだす。

「私です。『私はいいのよ、漫画喫茶は近くにあるかな』と、そう言いました」

えええええ？

と、クライアント先でなければ叫んでいただろう。

そんなのあり？　『一緒で』のひとことがあるかないかで、まったく意味が違う。

「で、でもね、その、烏丸さんが上司だよね。その場合、烏丸さんが部屋を使うんじゃないかな。部長が漫画喫茶で、部下がホテルにって、ちょっと、ないんじゃないの」

下津部長が困惑している。わたしもそれが自然ではないかと感じた。

「部長といっても、部下は七人です。課では対外的な恰好がつかないから部の形を取っているだけじゃないですか。それに漫画喫茶は、私、よく行きますよ。ＤＶＤも見られるし、ひと晩過ごすこともあります」

ふと、烏丸部長がテーブルの上に置いた手帳が見えた。正確には手帳ではなく、一緒に持ってきたカラフルな色のボールペンに目を惹《ひ》かれたのだ。頭の部分が、ハリウッドのアニメ映画のキャラクターだった。頭が重くて書きにくそうだ。

「休日ならともかく、翌日も仕事のある出張先で漫画喫茶、ねえ。寝られるの？」

「だいじょうぶです。大学の研究室では床に寝ていました。うちの開発室でもデスクの椅子で。漫画喫茶は、リクライニングシートがあるだけ贅沢です。私、理系ですから」

理系文系関係ないんじゃないかと思ったけれど、実験が佳境に入ればそういう寝方をすることもあるのだろう。それこそ、漫画やドラマではよく見る。

「じゃあ烏丸さんは、同じ部屋で泊まるよう誘った覚えはないと、そういうことだね？」

下津部長が確認する。

「ありません」
二、三、質問をいいですかと、わたしは口を挟んだ。
「漆戸課長は、『私は一緒でいいのよ』と言われて驚いた、その驚いたようすを見たのちに、烏丸部長が漫画喫茶の話を持ちだした。そう受け取っているようです。つまり、ふたつの発言に間があるのですが、今の烏丸部長の説明だと続いていることになります。烏丸部長の記憶では、そこは続いているのですか？」

烏丸部長が少し考える。

「……続いてます。ただ、どこにあるだろうと考えながら漫画喫茶の話をしたから、息継ぎなしに続けたわけではないかもしれません」

これまた曖昧だ。漆戸課長が言った「頭の中でいろんなことがぐるぐる」も、言葉に出せば数秒以上かかるが、考えるなら一瞬だろう。

「烏丸部長は、自分が漫画喫茶に行こうとしていたわけですよね。漆戸課長にサウナに行くと言われて、どう思いました？」

「宿泊場所が見つかったなら、よかったなと。お詫《わ》びを兼ねて昼食は奢りました。新幹線のお弁当ですが」

漆戸課長と同じことを説明しているが、それぞれとらえ方が違う。

「漆戸課長との間に、今までなにかトラブルは？　デートなり食事なりに誘ったことはありますか？　誘われたことはありますか？」

「ありません。それに私は部で最年長です。対象外でしょう」

そうはいってもふたつしか違わない。四十歳で一番上とは、部全体が若いのだろう。

「あなたにセクハラをされたという漆戸課長の訴えを聞いて、どう思われましたか」

「最初に言ったとおりです。誤解が含まれています。でも、漆戸さんがそう受け取られたなら申し訳ないことでした。謝ります」

烏丸部長は再び頭を下げた。黒くつややかな髪を見ながら、わたしはこっそりと息をついた。

漆戸課長の聞き間違い？　烏丸部長の記憶違い？　それともどちらかが嘘《うそ》をついているんだろうか。

4

「まいりました。なにがあったのかは当人たちしかわからないのに、ふたりの話は平行線です」

わたしこそ頭の中がぐるぐるだと思いながら、事務所に戻って所長に伝えた。立って報告する気力は萎《な》えている。できるならデスクに突っ伏したいぐらいだ。

「あれみたいね。『藪《やぶ》の中』。あっちの話の当事者は三人いるから三《み》つ巴《どもえ》だけど」

帰り支度をしていた丹羽さんが、話に加わってくる。

「芥川龍之介ですね。昔、読んだような読んでないような。あの話では、どうやって解決してましたっけ？」

わたしの問いに、丹羽さんがにっこりと笑う。

「読んだなら覚えてるんじゃない？　もう一度読めばわかるよ。じゃあ、がんばってね」

楽しそうに肩を震わせながら、丹羽さんが事務所を出ていく。素子さんは直帰予定ですでにいない。残された所長と、同時にうーんとうなった。

「言った言わないの問題になりましたか。その言動を見聞きしている人がいればいいけど、ホテルのロビーかどこかだよね」

「はい。フロントから少し離れて、ホテル予約サイトを見たり電話をしたりしてたそうです。それにしても『一緒で』が含まれるかどうかで、これほど解釈が違うなんて」

「そうだねえ。でも、『私はいいのよ』も誤解の余地がある言い方だね。応じるときにも必要がないと断るときにも使う」

「キャッチセールスに遭ったときに使っちゃいけない言葉の代表ですよね。ただ、普段の会話って、けっこう曖昧だし、文脈や表情でも通じるじゃないですか。ここまで食い違うのは、バックボーンがあるからだと思うんです。なのにふたりともトラブルはなかったと」

下津部長も聞いたことがないという。あとは同じ部の人たちに訊ねるしかない。ただ、この件は今、伏せられている。セクハラの対応はプライバシーへの配慮《はいりょ》も大切なのだ。

「朝倉さんの印象はどう？　トラブルの有無を含めて」

「漆戸さんは怒っています。烏丸さんは戸惑っている。漆戸さんの怒りがセクハラのせいか、それ以前からなのかはわかりません。どちらも嘘を言ってるようには見えなかったんですよね」

烏丸部長が持っていたボールペンがアニメ映画のものだったことには、違和感があったけれど。あれは、自分は漫画喫茶をよく利用する人間だと主張するためなんだろうか。

「セクハラの対応としてはこのあと、加害者からの謝罪、処分などの措置、再発防止のための対策、となるね。下津さんはなにか言ってました？」

「もうひとりの担当者の女性や役員の方たちと相談して、対処方法を決めるそうです」

誤解なら下津部長の胸に留めておくつもりだったようだが、それはできなくなった。

「そう。個人への対処はどうあれ、防止策は必要だね。改めての研修や周知徹底など、手助けしてください」

「はい、乗りかかった舟ですし」

ご苦労さまでしたと声をかけられて、事務所をあとにした。所長は残業していくそうだ。

事務所の入っているビルのエントランスで、女性が佇《たたず》んでいた。ここは雑居ビルなのでいろいろな人が出入りし、誰が立っていようと気にすることはない。ただその女性は、わたしの顔をじっと見てきた。どこかで会ったかな、と思いながら無意識に目礼をした。

「あの……、今日うちに来てた人ですよね？　社労士さんとかいう」

え？　とわたしは一歩身を引いた。

「突然すみません。コスメａｙｕｍｉに勤めている花木《はなき》マナミと申します。やっぱりそうですよね。あたし顔覚えるの、超得意なんです」

女性――花木さんが名刺を出してくる。宣伝広報部、今日会ったふたりの部下だった。

トレンチコートはピンクがかったベージュ、襟元《えりもと》から品のいい白のニットが覗《のぞ》き、耳朶《みみたぶ》にはハートのピアスと、お洒落《しゃれ》に気を遣《つか》っている。顔立ちは甘やかで綺麗に化粧をした肌もつやつやして、わたしと同じか、少し年下だろう。

「たしかにお伺《うかが》いした朝倉ですが、なんのご用でしょう」

「聞いてます、烏丸部長と漆戸課長のこと。どうなってるんですか」

「別になにもありませんよ」

と答えておく。漆戸課長の訴えは、他の人に伏せられているんじゃなかったっけ。どうなってるんですか、下津部長。とこちらが訊きたい。

「烏丸部長は処分されるんですか？」

「あなたはそういった話を、どなたから聞いたんですか？」

「同期の友人から。総務にいます。コンプライアンスの担当をしています」

えええええ、とここでも叫びたくなった。それはもうひとりの担当者の女性？　秘密厳守って言ってたじゃない、下津部長。水漏れ起こしてますよ。

「わたしのこともその人から？」

「だいじょうぶですよ、あたし口堅いから。詳しい話を教えてください」

堅いって。それは本当なのかどうなのか。

「そのご友人に伺ってみてはいかがです？　わたしからお話しできることはありません

よ」

「でも彼女は面談の場にいなかったし。ふたりはあたしのこと、なにか言ってましたか？」

「……なにも。どうしてですか？」

「あたしが烏丸部長に同行する予定だったからです。今日、ふたりが順番にいなくなるし、ようすはおかしいし、知らない顔は見かけるし――あなたですけど。それで、友人に探りを入れて」

「花木さんが、ホテルの予約を入れたんですね」

「そうです。そのあたりは聞いてるんですよね？　たしかに変更したんです。こうなったらあたしのミスってことになるんだろうけど、……えーっと、そこ、納得できないし」

ミスへの追及が気になって、わたしを訊ねてきたのか。……わざわざ？

「烏丸部長はどういう方ですか？」

花木さんは事情を知っている。このくらいの質問ならいいのではと思った。

「見たまんま。真面目で融通が利《き》かなくて、華がない。優秀は優秀なんだけど、もうちょっと引っ張ってくれないかなって感じ。あなたも、あの人が化粧品会社の宣伝部門の部長って知って、驚きませんでした？」

曖昧に笑って返答をはぐらかした。

「漆戸課長はどんな方です？」

「彼も見たまんまです。明るいからモテるし、仕事もできて、いろいろ詳しくて」

「ふたりの間にトラブルはありましたか？」

わたしは一歩踏み込んでみた。

花木さんが驚いたように目を見開く。

「ないです。烏丸部長は他人とトラブルを起こす人じゃないし、漆戸課長もそつないし」

トラブルはないのだろう。さっきの表情が語っている。顔に出る人だ。

「それで、処分はどうなるんです？」

「わたしからはなんとも。なにより御社が決めることです」

そうですか、と花木さんはしばし考え込み、わたしの手元にあった自分の名刺を取り戻した。肩にかけていた鞄《かばん》からペンを出し、なにか書く。

「あたしの携帯番号です。なにかあったら連絡ください」

しないと思いながらも、反射的に名刺を受け取ってしまった。名刺より、花木さんの持つペンに気を取られていた。

ディズニーのキャラクターが頭に載《の》ったボールペンだ。

「流行《はや》ってるんですか？　御社では、そういうかわいい系の筆記具が」

もっとも、下津部長は万年筆、漆戸課長はどこにでもある黒の事務用ボールペンだった。

「え？　別に、それぞれが好きなのを持ってるだけですよ」

「烏丸部長もアニメ映画のボールペンでした。あれはいつも持ってます？」

なにを問うているんだろう、この人。そんな顔のまま花木さんがうなずいた。では烏丸部長は、主張のためにわざと見せたわけじゃないのか。

翌日、下津部長から連絡があった。

烏丸部長は、自分の発言の意図を説明したうえで漆戸課長に謝罪。処分はなし。ゆえに所属部署や社内への通達もなし。誤解を生まないコミュニケーションについての講義を含め、セクハラ防止の研修を行うという形で、決着をつけることになった、と。

5

一週間後のことだ。

仕事をひとつ終えて事務所に戻ると、三人全員が微妙な表情をしてわたしを出迎えた。

「雛子ちゃん、面倒をかけて悪いわね」

「もう一度、藪の中を探れるチャンスだと思って」

素子さん、丹羽さんと続けざまに言われた。所長はというと、困ったような申し訳なさそうな複雑な苦笑を浮かべている。またもや嫌な予感がする。

「コスメａｙｕｍｉのことなんだけど」

なにかありましたかと、わたしは勢いこんだ。

「漆戸さんから再度の相談があったんだよ。セクハラを訴えたことで烏丸さんにいやがらせを受けたってね」

「いやがらせ？　烏丸さんはなんて？」

「否定してる。身に覚えのないことだと」

わたしも、あの淡々とした雰囲気《ふんいき》の烏丸部長と、いやがらせという言葉が結びつかない。

「そのまえに。朝倉さんに今回の件をこのまま担当してもらってもいいかな。僕が持っていた会社にピンチヒッターとして行ってもらったわけだけど、一度話をしているから、朝倉さんのほうが事情に明るい。社内で収まるようなら、引き続き朝倉さんにと思ってね」

漆戸課長が納得せず、話がこじれて労働局のほうまで行ってしまうなら、わたしは代理人になれないし、出番はない。
でもこのままではもやもやする。いや、もやもやは単なるわたしの感情だ。コスメa
yumiまで出かけて、ただ話を聞いただけで、なんの役にも立っていなかった。それ
は申し訳ない。
「やらせてください。前回はふたりになにがあったか踏み込めないままでした。双方が
納得しないと解決しなかったのに」
「じゃあお願いするよ。とはいえ、会社も含めて全員が納得するのは難しいから、追い
込み過ぎないようにね。落としどころを探すといったところかな」
はい、とうなずいた。それでも一応、謝罪という落としどころはあったのだ。烏丸部
長の言葉が口先だけだったのか、漆戸課長としては足りなかったのか。

「すみませんね。いったんは終わった話だったんですが」
コスメayumiに到着すると、下津部長が入り口で待っていた。早速とばかりに先
日と同じ会議室に通される。手短かに、となにが起こったのかを説明された。
「新商品の宣伝方針を決める会議が部内で行われたんです。各人が案を発表して採決を
取るという形で。その直前、漆戸さんが資料を入れたUSBメモリを机に置き忘れてし
まい、中身が消されたというのです。タイミング的に烏丸さんしかできないそうで。烏

丸さんは、いいがかりだと主張しています。今回はさすがに腹立たしいようすでねえ」

「セクハラを訴えた報復に消された、と漆戸課長は言うんですね。彼は、烏丸部長の謝罪に納得しなかったんですか？」

「事実がどちらだったかということに関して、最後までこだわっていました」

その気持ちはわからなくもない。わたし自身がもし上司や仕事相手に出張先で誘われたら、と考えると、逃《のが》れることができても引きずるだろう。二度と同じ目に遭わないよう打てるだけの手を打ちたいし、相手に反省してもらいたい。懲《こ》らしめたい気持ちも生まれる。

事実を認めないということは、反省していないのと同じこと。漆戸課長がそう思うのは無理もない。だけど烏丸部長にとっての事実は、正反対だ。身に覚えのないこと。

そこを曖昧にしたから今の状況を生んだのかもしれない。

ただ、会話を聞いていた人間は誰もいないのに、どちらの話が本当かなんて、どうすればわかるんだろう。

最初に会議室に入ってきたのは漆戸課長だった。彼の口から語られた経緯は、下津部長から聞いた話とほぼ同じだった。さらに詳しくとうながす。

ＵＳＢメモリを机に置き忘れたのは昼休み前。作業をはじめるつもりだったが、昼休みだよと呼ばれ、ランチを摂《と》りに外に出た。部内に間もなく誕生日の女性がいて、お祝いがてら、予約していた近くのカフェに。メンバーは烏丸部長以外の全員だ。烏丸部長は午後からの会議に向けて、デスクで仕事を片づけていた。カフェから戻って、USBメモリから資料をプリントアウトしようとしたところ、配布資料もスライド用の資料も、ファイルが消えていた。

「烏丸部長以外にいないでしょう? おかげで会議の結果はさんざんです。伝えたいことの半分も伝わらなかった」

漆戸課長が不満そうに唇《くちびる》を歪《ゆが》める。

会議はそのまま行われ、他の人の案が採用されたという。諮られたその新商品こそが、来春発売を予定している美容飲料だ。飲料メーカーからやってきた漆戸課長としては忸《じく》怩《じ》たる思いだろう。

「昼休み、烏丸部長以外の誰も宣伝広報部の部屋にいなかった、というわけですね。ただ、烏丸部長が席を外したり、どなたか別の方がいらっしゃったりしたかどうかは、漆戸課長にはわかりませんよね。入り口はセキュリティカードで記録していましたか?」

わたしは総務の部屋に入るために、来訪者用のネームタグとセキュリティ用の仮カードを渡されていた。

「朝倉先生、説明が不十分ですみません。カードの記録はありますが、宣伝広報部だけの部屋ではないんです。企画室や他の部署と一緒の大部屋です。昼休みは人が少なくなりますが」

下津部長が口を挟んできた。だったら他の部署の人でもありえる、と言いかけたわたしに、漆戸課長が続けた。

「ファイルが消えていると気づいてすぐに烏丸部長に訊ねました。席を外さなかったか、誰かが僕の机に近づかなかったか。答えはどちらもＮＯです。だいたい、他の部署の人は、僕の机に用などありません。会議だって部内のものです。知られていない可能性も高い」

「では烏丸部長には、用があるのでしょうか？」

単純な疑問だった。本人不在の席に近づく用はあるんだろうか。

「仕事の進み具合を見たり、コピーやプリンターを扱ったりですかね。僕の机の背中側に複合コピー機があるんですよ。プリントアウトした書類はそこに飛ぶ」

「でも部屋は無人ではないんですよね。漆戸課長の机でごそごそしていたら、周囲に怪しまれませんか？」

「ＵＳＢメモリですよ。ほんの小さな、手の中に納まるサイズの。バレませんよ」

漆戸課長が一刀両断にする。

下津部長によると、他の部署の人たちにさりげなく訊ねたところ、それぞれ仕事をしたり昼食を摂ったりしていて、烏丸部長に注目しておらず、席にいると認識していた程度、だそうだ。細かなところまでは問いただしていないという。

「ファイルのバックアップは取ってなかったんですか？　ＵＳＢメモリから消されたのは、該当のファイルだけですか？」

「バックアップは自宅のパソコンの中で、他のファイルはＵＳＢメモリに入れてません」

「本来は、持ち帰りの仕事は避《さ》けてもらってるんですよ。情報管理の問題があって」

漆戸課長の答えに、下津部長が補足する。労務管理の上でもよくないのだが、会社としてはむしろ情報漏洩《ろうえい》のほうが怖いようだ。とはいえ出張や急ぎの仕事など、どうしようもない部分は目を瞑《つぶ》るそうだが。

「会社のパソコンに、作りかけのものも残ってませんでしたか」

「その作りかけで切り抜けましたよ。だいたい、バックアップもなにも、盗《と》られなかったら必要ないじゃないですか。問題は、ファイルが消されたことです。烏丸部長によって」

漆戸課長が苛立《いらだ》ちを見せた。状況から見れば烏丸部長が怪しいが、確たる証拠はない。

「烏丸部長は否定しています」

わたしは改めて伝える。

「そう簡単に肯定しないでしょ」

「漆戸課長。先週お話を伺ったときに、烏丸部長との間にトラブルはないとおっしゃいましたよね。失礼ですが、まったくですか？　ささいなことでもいいんですが」

「ないです。でもセクハラだけで充分でしょう。自分のキャリアに傷がついたんですから」

「その意趣返しだと？　他には思いつきませんか？」

「……さあ。ただプロパー、生え抜《はぬ》きの社員としては、横からやってきた転職組に多少引っかかりはあるでしょうね。僕はそのへん鈍いほうなので、気づかなかっただけかも」

あるのかないのか、気づいたのか気づかなかったのか、微妙な言い回しだ。

「では、烏丸部長がファイルを消したとして、烏丸部長にメリットはあるでしょうか」

「意趣返し以外に？　彼女の案が採用される率が高くなりますね」

「そうなりましたか？」

「いいえ。でもそれは結果です」

採用されたのは誰の案だったか訊ねたところ、花木マナミという答えが戻ってきた。

6

なんだかもやもやする。

そうつぶやいたら、休憩を入れるので化粧室にどうぞと下津部長に勧められた。そういう意味ではなかったのだけど、外の空気も吸いたいし、ありがたく提案を受けた。

ついでに宣伝広報部が入っている部屋を覗かせてもらう。四つの机の島が作られた横長の部屋だった。宣伝広報部は一番奥で、その先に腰高窓を持った会議室がある。それぞれの机の島と島の間はゆったりしていて、部署ごとにまとまっている。別の部署の人から見て、烏丸部長は席にいると認識していた程度、という答えに納得した。

さてどうしたものか、とトイレの個室で息をつく。

ホテルの同室泊に誘ったかどうかは曖昧だ。言葉は消える。記憶も薄れる。ふたりの主張が食い違い、真相はわからない。だがファイルは、データとはいえ物理的なものだ。あったものがないなら、消した人間がいる。または最初から存在していない。どちらかだ。前者なら烏丸部長または誰かがやった。後者なら漆戸課長が嘘をついている。

手元のスマホから、USBメモリのデータ復元、と検索してみると、復元ソフトやサービス会社があるとわかった。上書きしていなければ復元する可能性があるとも書かれている。最初から存在していなければ、この方法でわかるかもしれない。……ああでも、漆戸課長自身が消したとして、それが昼休み直前か直後なら時間も大差ないし、わからないか。烏丸部長を貶《おとし》めたくてやったのなら、わたしが思いつく程度のことは対策済みだろう。なにより、漆戸課長は自分の案が採用されなくなるデメリットを抱えてしまう。

花木さんのことも気になる。彼女はこの件に、なにか関わっているんだろうか。

「やっぱり漆戸課長、花木さん狙いなのかな。誕生日のお祝いランチなんて」

と突然、その名前が聞こえてきて驚いた。

「花木さんのほうが漆戸課長に接近してなかった？　もうつきあってるんじゃない？」

耳を澄ます。ってことは花木さんが誕生日の近かった人？　漆戸課長と花木さんには関係がある？

「どっちも違うんじゃない？　狙ってるなら、自分がランチの企画をしたってアピールするだろうし。むしろみんなへの気の利くいい人アピールと見たね。仲間感の演出っていうか。あの人、プロパーじゃないから気を遣ってるんだよ」

「けどさあ――」

三人の声がしていたが、だんだんと小さくなっていった。けどさあ、の先はなんだろう。彼女らの話の続きが気になる。でも追いかけて問いただすわけにはいかないし。

漆戸課長と花木さんが結託していたとしたら。烏丸部長を昼休みの部屋にひとりにして、怪しまれるよう仕向けたんだとしたら。

花木さんは、丹羽さんが三つ巴と言った「藪の中」の三人目の当事者なんだろうか。

……そうだ、そう考えると――

会議室に戻ってすぐに、烏丸部長がやってきた。今日も手帳に、アニメ映画のキャラクターのボールペンを添えている。

烏丸部長は、漆戸課長の机に近づいていないと言った。プリントアウトはしたが複合コピー機にしか視線を向けていない、会議の時間が迫っていて他のことに関心を向ける余裕もなかったと。他の人の発表内容に興味はなかったのかと訊ねたが、あっさり否定された。

「会議がはじまれば知れることです」

取りつく島がない。

「どなたか、漆戸課長の席に近づいた人はいませんか？」

「いません。私が席を外したのは、プリントアウトした紙を取りにいったときだけです。誰も見ていません」

「他のことに関心を向ける余裕はなかったと、さっきおっしゃいましたよね。仕事に夢中で気づけなかったのでは？」

「いくら夢中でも、人が来ればわかりますよ。部に用があるということだから」

第三者がやった可能性が少なくなっていく。

「部の人たちは、全員でランチに出かけたんですよね。なぜひとりで残ったんですか?」

「だから時間がなくて」

「部員の方の誕生日ランチだと伺いました。烏丸部長が参加できないなら別の日でもいいんじゃないですか? なにも会議の前でなくても」

「会議の前だからこそ全員が揃《そろ》ったんですよ。みな、それぞれ予定があるので。私は行けなかったけれど、私が行けて誰かの欠ける日が選択されるよりいいでしょう。誘われたときに、忙しいので難しいかもしれないと答えてもいましたし」

「誘われたのはいつですか? 誰からです?」

「いつだったか……。なんでそんなことにこだわるんです?」

烏丸部長が訊ねた。下津部長も同意するようにうなずく。漆戸課長と花木さんの結託というのは、わたしの推測だからまだ口にできない。笑って答えをうながした。

「数日前ぐらいだったでしょうか。小柴さんだったか、他の誰かだったか」

「発案者は誰ですか?」

「さあ?」

トイレで小耳に挟んだ話では、漆戸課長だった。

「全員で私を貶めようとしているとでも疑ってますか？　そんなようすを感じたことはありません。もちろん、私がよい上司かどうかは、自分でもこころもとないのですけど」

鼻白む烏丸部長に、いやいやいやいや、と下津部長が即座に否定した。

「とんでもない。烏丸さんにはストレスをかけて申し訳ない。ただ、放置するわけにはいかないんだ。センシティブな問題だから」

「起こったできごとをクリアにしていきたいと考えています。失礼なご質問もさせていただきますが、どうかご協力ください」

わたしも頭を下げる。改めてもう一度、漆戸課長との間にトラブルがなかったか訊ねたが、わからないとのことだ。

「漆戸課長は、御社が新たに美容飲料を発売するにあたって、詳しい方をということで飲料メーカーからいらっしゃったんですよね。仕事を横から奪われたとは感じませんか？」

烏丸部長が首をひねる。

「奪われてなどいませんよ。彼も他の人も、一緒に仕事をしているし。漆戸さんは、私がそう思っているのではないかと考えてるんですか？」

「いえ、一般論です」

わたしはごまかした。漆戸課長の意図はどうあれ、部員にプロパーじゃないから気を遣っていると思われているのなら、生え抜きと転職者の間で引っかかりを感じているのはむしろ漆戸課長のほうだ。

「烏丸部長、今回の件と前回のセクハラの件は、部内では知られているのですか？」

セクハラの件は伏せたままですよ、と下津部長が口を挟んでくる。

「誰も、噂《うわさ》さえも口にのぼっていませんか？」

「ええ。漆戸さんも表立って騒いではいません」

「ホテルの予約を取った人は、部屋の変更がされていなかったことを聞いて、どんな反応をしました？　出張のあとで、その人に確認なさってますよね？」

わたしの質問に、下津部長が不思議そうにする。烏丸部長が興味を惹かれたように身を乗りだした。

「確認していますよ。どうなってるのと訊ねたら、驚いた顔をして、自分のスマホを見て、たしかに電話して変更を依頼したのに、と」

「履歴は見せてもらいました？」

「バカを言わないでください。そんな疑うような真似《まね》……」

言いかけて、烏丸部長が止まってしまう。

わたしはトイレで思い浮かんだ疑問を口にした。

「その日は学会かなにかで、どこも満室だったんですよね？　同行者が、その方から漆戸課長へと急に変更になったと伺いましたが、それはいつでしたか？　そのタイミングで部屋を取り直せそうでしたか」

烏丸部長の表情が渋くなっていく。

7

花木さんと私の間にもトラブルはありません。

烏丸部長はそう言った。そして続ける。花木さんの誕生日のランチのことで思いだしたけれど、花木さんはそれほど乗り気ではなく、どこか申し訳なさそうにしてましたよ、と。

本当なんだろうか。そしてそれは、花木さんの本心なんだろうか。演技だろうか。

「花木さんからも話を聞きましょう」

わたしは下津部長に提案した。第三者を巻きこみたくなさそうだったが、セクハラの件は下津部長の部下の女性担当者から知らされたようだと告げると、頭を抱えていた。

わたしも報告が遅れたことを謝った。解決したので連絡し損ねていました。情報が漏洩していることを伝えるべきでした。花木さんは自分は口が堅いと言い、漏らすつもりはないようでした、と。

狭い会議室に現れた花木さんは、居心地が悪そうだ。

「ホテルの予約変更、ちゃんと依頼しました。向こうがミスったんです。それをごまかしたくて、連絡はなかったと言い張ってるんです。向こうに何度訊いたって、同じ返事ですよ」

「電話で依頼したと伺いましたが」

「そうですよ。履歴、見ます？」

花木さんがスマホを机の上に置いた。

次の言葉が出なくなったのはわたしだ。履歴、残ってるの？

たしかに、間を置いて二度、花木さんはホテルに電話をしていた。二度目が変更をかけたときだそうで、出張があった週の月曜日の夕刻、宿泊の三日前だ。

「こんなにギリギリで、学会で埋まっていて、部屋が取れるものなんですか？」

「むしろギリギリだから取れます。押さえるだけ押さえて、キャンセル料が発生する前にキャンセルする人がいるから」

下津部長もうなずく。そう言われれば、そんな話を聞いたことがある。実際に取れるかどうかは賭けだけど。

「部屋の予約のことで、わたしを訪ねてきましたよね？　なぜそこまでしたんですか？」

「それは、……不安だったから。ふたりがあたしの悪口を言っていないか」

「わざわざ？」

「心配性なんです」

「おふたりは、部屋が取れてなかったのは単なるミスだと、花木さんに対してもホテルに対しても悪口は言っていませんでしたよ。上司でしょう？　信用できませんでしたか？」

花木さんが黙ってしまう。

烏丸部長は、花木さんとの間にトラブルなどないと言う。花木さんのほうは、烏丸部長に信用ならないものを感じていたんだろうか。

花木さんは最初に会ったとき、烏丸部長のことを、真面目で融通が利かなくて華がなく、優秀だがもうちょっと引っ張ってほしいと言った。他人とトラブルを起こす人じゃない、とも。その人物像から導きだされる信用度合いは、むしろ高い。あの説明は嘘？

いや、わたしも烏丸部長に近いことを感じた。ミスを責めない態度、誰かがランチに参加できないなら自分が参加できないほうがいいと部下を優先するようす、信頼に値する。

もしかして、逆？

信用できなかったのは、漆戸課長のほうなんだろうか。

漆戸課長については、明るいからモテる、仕事もできていろいろ詳しく、そつない、と褒《ほ》めていた。明るいとそつないは、わたしも同感だ。仕事のできについてはわからない。

たとえば花木さんと漆戸課長が結託して、烏丸部長が参加できないことを見込んでランチを計画したとする。その間にファイルを消去されたと自作自演すれば、漆戸課長は自分の案の採用率が低くなるデメリットと引き換えに、烏丸部長を貶めることができる。セクハラを訴えた報復だと認められれば部長の降格もあり得るし、後釜は漆戸課長だろうから、その後自分の案をごり押しすることも不可能ではない。また、花木さんとは恋人の間柄で、花木さんの案を後押ししたのかもしれない。花木さんにもメリットのある話だ。

セクハラの件に、花木さんはどう関わっているんだろう。

ホテルに電話をした履歴があることと、部屋の変更を依頼したことはイコールではない。

部屋の変更をしないままにしておき、烏丸部長の失言を引きだそうとしたんだろうか。

それがうまくいかず、漆戸課長が、烏丸部長の発言を拡大解釈したんだろうか。

ただ。

もしそうなら、花木さんはわたしに会いに来ない。下手《へた》に動けば余計な勘繰《かんぐ》りを受ける。関係者だと思われる。今まさに、そうなっている。

花木さんは疑われたくなかったから、漆戸課長のことを褒めたのではないだろうか。

彼女が、不安で、心配だったのは、ふたりに言われたかもしれない悪口や予約ミスを押しつけられることではなく、自分のやったことが知られていないかどうか、だったのでは。——じゃあなにを、やった？

「花木さん。漆戸課長となにかありましたか？」

「なにもありません」

花木さんは即答し、顔を横に振る。

この人は、顔に出る。先日もそうだった。

「誕生日のランチをという話は、誰から出たんですか？」

「知りません。でも自然発生的なものじゃないかな。せっかくだからみんなが揃う日にランチに行こう、ってことで。あたしの誕生日は理由にされただけです。だって他の子には、そういうことなかったし。正直、感謝を強《し》いられるわけで、面倒な気分でした」

それが、烏丸部長の感じた「申し訳なさそう」ということか。

「漆戸課長の発案という話もありますが」

は？　と花木さんの眉が上がった。

すぐに、そうですか、と言って黙る。

「花木さんの誕生日という理由でなければ、花木さんは参加しなかったかもしれない？」

「……みんなが行くなら行きますよ」

「面倒だと思ったのは、嫌いな人が交じっていたからでは？」

「そんな人いません」

「漆戸課長のUSBメモリから、会議の資料とスライドのファイルが消えた話は知っていますか？」

「ランチのあと戻ってきたら、ないないって言ってました。でも発表はしていましたよ」

「会社のパソコンに残っていた作りかけのもので対応したそうです。伝えたいことの半分も伝わらなかったと」

「だから会議をやり直したい……、わけないか。それは部内の話であって、総務部長や社労士さんの関わることじゃないですもん。このヒアリング、例のセクハラの件でですよね。なんの関係があるんですか？」

わたしは下津部長と顔を見合わせた。下津部長が口を開く。

「口外しないでほしいんだけど、USBメモリからファイルを消したのは烏丸さんだという訴えがあった」

はあああ？　と花木さんが立ちあがる。

「それ、漆戸課長から？　呆れた！　なんの証拠があって！」

「証拠というか、烏丸さんしか可能じゃないから、だよ。彼女は否定している。私も、漆戸さん本人の管理が悪かったで済ませたいけれど、セクハラの件があるから放置するわけにもね」

下津部長の説明に、花木さんが唇を噛《か》む。

「花木さん、知っていることを話してください。今のままでは烏丸部長の立場が悪くなります。……それともそのほうがいいですか？」

わたしの言葉に、うーとうなりながら、花木さんが座った。

「……ホテルの予約を変更しませんでした。ごめんなさい」

「それは忘れていたということかな」

下津部長が確認した。だが、ホテルへは電話をかけている。

「わざと、です。変更しようとしていたんだけど、腹立たしくて、困らせてやれと思って、電話がつながったあとは適当なことを言って切りました」

「きみが困らせたかったのはどちらなの」

「漆戸課長です。烏丸部長を差し置いて自分が宿泊することはできないじゃないですか。泊まる場所がないと慌《あわ》てさせてやれ、と」

「烏丸部長が同室を迫られるとは思わなかったんですか?」

わたしが訊ねると、花木さんがすまなそうにする。

「全然思わなかったわけじゃないけど、大人だし、切り抜けられると。そのホテルはおろか、周辺のホテルまで埋まっているなんて思わなくて。申し訳なかったです」

「理由は? なにがそんなに腹立たしかったの。出張を代わることになったっていうのは、仕事を取られたということ?」

下津部長の質問に、花木さんは両手で顔を覆《おお》った。泣いてはいないようだ。しばらくそうしていて、深くため息をつく。

「彼に都合よく扱われたというか、下に見られてたというか」

「失礼だけど、きみたちはその、ええっと」

まさにセクハラを恐れたのか、下津部長がふたりの関係を問いかねていた。

「つきあっていません。でもそうなれるかなって、アプローチをかけてました。だけどそれを利用されて」

　まさか、と下津部長が青くなる。一番嫌な想像が、彼の頭の中で巡っているようだ。

「や、やだ、誤解しないでください。ちゃんと説明します。飲み会に誘われたんです。いえ、あたしはデートのつもりだった。ふたりで食事だと。なのに大学時代の友だちが合流するって言われて。ま、女性もいましたけど。ただ、周りは年上の知らない人ばかりで居酒屋とあって、料理の取り分けやお酌をさせられて、そのうえ、あたしが漆戸課長を褒めざるを得ないように話を持ってかれたりもして。なにこれ接待？　持ちあげる相手は漆戸課長？　それともこの人たち？　みたいな。それでそのあと――」

　あとがあるの？　と下津部長が情けなさそうに眉根に皺を寄せる。

「あたしのことを、自分を慕っている部下だ、彼氏募集中だから誰か紹介してって。なに勝手に言ってるの、ですよ。同席の女の人がこっそり、あれは告白されて関係が崩れないよう、自分にはその気がないと婉曲《えんきょく》に断ってるんだって教えてくれました。以前も同じことをしてて、本人はスマートに立ち回ってるつもりだそうです。後日、漆戸課長には文句を言いました。酔っててノリで言った、ごめんって謝られました。でも、あたしが怒ってるのは、あたしのことを自分が好きに動かしていい相手だと思ってるってことに加えて、自分はモテるとか頼りになる上司だとかそういう、友だちに対する『オレすごい』アピールに、あたしを利用したことです。いくら婉曲に断るためでも、あたしの知らない人に会わせる必要ないじゃないですか。なのにそんなつもりはなかったの一点張りで、悪いとは思ってないようすで」

下津部長が頭を抱えてしまった。

「だから漆戸課長が言ってるのは嘘です。セクハラのことだって、こじつけにきまってる。自分のほうがよっぽどじゃないですか。烏丸部長を処分しないでください」

花木さんが身を乗りだす。

「……漆戸課長のことはわかりました。ただそれは、烏丸部長がセクハラを行わなかったという理由にはなっていないですよ」

「そんな。どうしよう、あたし……」

わたしの言葉に、花木さんが目を見開く。今度こそ泣きだしそうになっていた。

8

再度、漆戸課長を呼ぶことになった。

「漆戸さん、烏丸部長は認めないそうです」

「USBメモリの件ですか？　セクハラの件ですか？」

下津部長が口火を切ると、漆戸課長が訊ねてきた。

「話題にしているのはUSBメモリのほうです。セクハラの件は、謝罪という形をもって終わってますよね。漆戸課長も納得なさったと聞いていますが」

　わたしは口を出した。

「烏丸部長がそれを不服としてこんな報復をしたなら、僕だって黙っていられません」

「そうですね。それでもう一度、ＵＳＢメモリのことをお伺いしたかったんです。情報管理の観点から、持ち帰りの仕事は禁止ですよね？　ＵＳＢメモリの管理は適正に行っていましたか」

　漆戸課長が呆《あき》れたように口を歪める。

「僕の管理ミスで話を終わらせようというんですか？　昼休み前に作業をはじめるまでは、鞄に入れてましたよ」

「午前中、席を外されたタイミングはありますか？　ファイルを消されたのは昼休みとは限りませんよね。午前中のいつかということもありますよね」

「誰が、僕の鞄の中にＵＳＢメモリがあると知り得るんですか。だいたい、他人の鞄なんて探らないでしょ」

「机に置かれた他人のＵＳＢメモリも、そうそう探る人はいないでしょう。同じじゃないですか？」

「悪意があれば触るんじゃないですか」

「そのＵＳＢメモリにファイルが入っていることも、わからないのではないですか？

持ち帰り仕事は禁止なのだから」

なるほどそうつなげるのか、とでも思ったのだろう。漆戸課長が納得の表情になった。

「午後から会議というタイミングで机にあれば、察するんじゃないですか？」

むしろそのタイミングで、ランチで外出する予定がありながら机上に出すほうが不自然だ。だが、たまたまと言われればそれまでだ。

「察したとしても、USBメモリを机から持っていって、中を確かめてファイルを消し、また返し、という動きをしたら、他の部の人から不審がられますよ」

「その話は二度目ですよ。USBメモリなんて手の中に入る。わかりはしません」

「人間は透明にはなれないんですから、他人の机で立ち止まっていれば目立ちます」

「僕の机の背中側に複合コピー機がある、という話もしましたよね。ちょっとペンを借りる、そんなふりをすればいい」

「そう都合よくペンが置かれてなんて」

と答えながら、ふと、机に置かれた漆戸課長の手帳とボールペンが目に入った。なんの変哲もない黒の事務用ボールペン。

ああ、だから彼女たちは、ああいったボールペンを使っていたのか。

「漆戸課長、あなたは他人のペンをちょっと借りて使うんですね」

「え？　使うでしょう、普通に」

「そうですか？　でも烏丸部長は、他人のペンを使わないでしょうね。自分が使われたくない人は、他人にもしない」

漆戸課長がぽかんとしている。

「烏丸部長はアニメ映画のキャラクターが頭についたボールペンを持っていました。他にも宣伝広報部で、キャラクターつきのペンを持っている人を存じています。そういうペンは他人に使われにくいんです。いかにも私物なので、借りようとしたときにためらいが生まれ、別のものを探す」

「だ、だからどうなんです？　今のはたとえ話ですよ。他人のペンを使わないからって、ふりをしないわけじゃないし、烏丸部長がファイルを消していない証拠にはならない」

「いいえ、漆戸課長、むしろあなたが――」

と言いかけた、そのときだった。

扉にノックの音がしたと思ったら、こちらの返事も聞かずに開けられ、女性たちが集団で入ってきた。ひとり、大学生くらいに見える小柄な男性も交じっている。

「漆戸課長、ひどいじゃないですか。花木さんから全部聞きましたよ。花木さんに気を遣わせたくないから誕生日のランチを計画したのは自分だと告げないでって、あたしたちに言ったのも嘘ですね」

「自分の誕生日のお祝いなら花木さんは逃げられない、そういうことですよね」

「烏丸部長がセクハラなんてするはずないじゃないですか。ましてやファイルを削除？　ふざけないでください」

トイレで聞いた声たちだった。当の花木さんも、怖い顔をしている。

「……花木さん。口外しないでと言ったじゃないですか」

下津部長がげんなりしている。

まったくだ。なにが、あたし口堅いから、だ。

「すみません。でも他に、状況を打破する方法を思いつきませんでした」

赤い顔をした漆戸課長が、花木さんを睨《にら》む。

「打破もなにも、きっかけを作ったのはきみだろ。きみがホテルの部屋を変更しなかったことはわかってるんだ。庇《かば》ってやったのに」

「申し訳ありません。さっき、烏丸部長には告白して謝りました。漆戸課長にも謝ります。すみませんでした。でもそれとこれとは別です。烏丸部長がファイルを削除しただなんて、あり得ない」

「決めつけるなよ。おかげでこっちはせっかくの案を――」

「違いますよ」

冷静で穏やかな声が、漆戸課長を止めた。大学生にも見える男性だ。

「資料やスライドの問題じゃなく、課長の案はダサかったから票が入らなかっただけです。僕から見ても、あれは『女性にはかわいいのがウケる』という表層的な案ですよ」

言うじゃん小柴、と声が上がった。

この人が、裸に剝かれちゃうかもしれないと漆戸課長が引きあいに出した小柴くん、か。漆戸課長にとって一番キツい言葉を投げていた。

漆戸課長の顔がますます赤らみ、眉がぴくつく。

「そ、それは、それは結果であって、だからファイルを消してもいいなんてわけはない。烏丸部長がファイルを消さなかったという証拠がない以上は、ない以上は……」

「漆戸課長、さきほども言いかけたのですが」

口を開いたわたしに、漆戸課長は嚙みつくような視線を向けてくる。

「やっていないという証拠、事実の不存在を証明するのは不可能です。それは俗に、悪魔の証明とも呼ばれます。あなたが烏丸部長を疑うのであれば、むしろあなたが、彼女がやったという証拠を出す必要があります。他の人が関与した可能性はゼロではないんです。また、あなた自身が削除した可能性もゼロではない。そうでしょう?」

漆戸課長が、表情を失う。

9

漆戸課長は烏丸部長に、ＵＳＢメモリの件は誤解でしたと謝った。

誤解じゃなくて陥れようとしたんでしょうとか、この期に及んでとか、花木さんをはじめ納得しない部員もいたが、烏丸部長は「疑いが晴れてよかったです」と静かに受けいれ、話は終わりになった。

セクハラに関する研修も行われ、十日ほど過ぎたある日、下津部長から連絡があった。漆戸課長を引っ張ってきた親会社の鮎見製薬の人に訊いてみた話だと。

漆戸課長が以前勤めていた会社は、社長交代の派閥争いで業績が悪化したのだが、漆戸課長は干された派閥の上司についていた。実はその上司、セクハラで何度か問題を起こしていたという。そばで見ていた漆戸課長も、だから自分は気をつけようではなく、だからセクハラに対する認識が甘い、となってしまった。上司が起こした問題のなかには、刺される前に他人に悟られないよう先手を打って優位にことを運んだとか、被害を訴えた側の気持ちのほうがより優先されるように見えた、というケースがあったそうだ。

ホテルの部屋の変更を、花木さんに依頼したのは漆戸課長だ。自分が花木さんに言い含めたと烏丸部長に誤解されかねない、先手必勝だ、ひそかに動かねば、などと思ったのかもしれない。

人生一発逆転とばかりに転職してきたコスメａｙｕｍｉの仕事も、漆戸課長の期待した方向には進まなかった。健康飲料の開発に着手していると聞いたはずなのに、最終的に出てきたのは美容飲料だった。成分はたいして変わらないが、化粧品会社が初めて販売する商品で、もともと顧客の大半が女性のため、美容の要素を強めて女性向けと銘打たれたそうだ。

それについてはわたしも、男性が美容飲料を飲んだっていいじゃん、それもまたジェンダーバイアスでは？　って気もするけれど。

というわけで、漆戸課長は悶々《もんもん》としていたらしい。さほど歳の違わない女性の下に配属されたという愚痴《ぐち》も、先輩には漏らしていたようだ。この機会に烏丸部長を追い落とそうという気持ちがあったのかもしれません、憶測ですけどね、と下津部長は言う。そして続けた。

おかげで烏丸さんの異動が延期になってしまいました、と。

「烏丸さんは、自分は上に立って部を引っ張ることに向いていない、開発部門に戻りたいって、以前から人事に言っていたんです。今回の美容飲料の案件を最後に、あとを漆戸さんに任せたかったようで」

わたしは所長に報告した。漆戸さん、なにもしなければそのまま部長になれたということだ。所長も呆れている。

「漆戸さんは、自分で自分の首を絞めたようなものだね」

「はい。なので今の彼には任せられないと」

「それはそうなるよねえ」

「ところが漆戸さん、そのことを知ってしまったみたいで、このままではいけないとばかりに猛反省、セクハラに対する意識が高まっているそうです。結果的にはいい方向にいきそうだけど、なんか納得いきません。あからさまに、鞭《むち》より飴《あめ》で動くって感じで」

あはは、と所長が笑う。

「そんなものだよ。飴で問題が解決するなら万々歳じゃない」

「異動が叶わなかった烏丸さんには、いい迷惑です。でも彼女は、上に立てる人だと思います。聴き取りのときに、よい上司かどうかこころもとないなんて言ってたけど、誰のことも責めないし、度量が大きいというか」

「今回の問題が起こらずに漆戸さんが昇格していたら、とんでもないことをやらかしたかもしれないよ。飴っていうより、雨。雨降って地固まる、だったんだって」

うまいことを言ってやったとばかりに、丹羽さんが口を挟んでくる。それはそうだけど、その雨のせいで、烏丸部長は割を食ってしまった。

「烏丸さんがホテルで、『一緒で』と言ったかどうかは、謎のままです」

「言葉が足りずに誤解されたのか、漆戸さんがうまく利用したのか、本当の本当は、なのか、今となってはわからないね」

追及しても仕方がないことだと、所長の表情が語っている。

「そういえば、わたし先日、美空《みそら》書店に行ったんです。芥川龍之介の『藪の中』の内容がどうも思いだせないので、読もうと思って」

へええ、と反応したのは、丹羽さんだ。

「この物語のラストってどんなでしたっけ、と木嶋《きじま》さんに話したんです。似てる事案に遭遇《そうぐう》して、収束はついたけど残る謎があるので解決の参考にしようと思って、って」

「……解決の参考？　木嶋さんは、なんて？」

「にこにこして、まあ読んでみて、って」

丹羽さんが、なるほどねと、木嶋さんとよく似た笑顔でうなずく。

「うん。読んで。話はそれから」

読んで、穴があったら入りたくなった。読んだのなら覚えていたはずだ。詳しくは読んでみてほしい。それだけだ。

らせん階段を上へ

1

二〇一九年という新しい年を迎えて挨拶《あいさつ》回りの日々も過ぎ、クライアントの年末調整作業が各市町村への「給与支払報告書（総括表）」の送付まで含めて終わった二月は、仕事量が穏《おだ》やかになる。ちなみに各市町村は、この給与支払報告書を基《もと》に住民税を決める。わたしたちが支払っている住民税は、去年の収入に対するものなのだ。

午前中にほとんどの仕事を終えたわたしは、夕方のクライアント訪問まで時間があいていた。目の前には、美味《おい》しそうなうぐいす餅《もち》。

「先にいただいていいんですか？　所長の担当先からのお土産《みやげ》でしたよね」

丹羽《にわ》さんに確認する。

「所長はまた出かけちゃったし、素子《もとこ》さんが戻るのは夕方でしょ。ふたりで一緒に食べるって。ヒヨコちゃんはそのころいないし、明日になったら固くなるよ。あたしもお相伴《しょうばん》にあずかるつもり。お茶淹《い》れてくるね」

ぽっこりして、端が少し歪《ゆが》んだ楕円《だえん》に、薄緑の粉がふんわりとかかっている。

「この色が、うぐいすなんですね」

「うぐいす粉っていう青大豆のきな粉だよ。中はこし餡《あん》。求肥《ぎゅうひ》で包んで、そのうぐいす粉をまぶすわけ。形もなんとなく、うぐいすっぽいよね」

丹羽さんはそう説明するけれど、っぽいかどうか、ちょっと微妙だ。丹羽さんは以前、わたしのことをおみやげのひよ子と評したことがある。あちらは目がついているから鳥に見えなくもないけれど、この変形した楕円は鳥と言っていいんだろうか。

「納得してない顔だね。名づけたのは秀吉だそうだから、文句はそっちに言って」

丹羽さんが、濃い色のお茶と共に戻ってくる。

「秀吉って、豊臣秀吉ですか？」

「そ。弟の秀長が茶会のときに、この餅でもてなしたんだって。で、満足して名前を与えたというわけ」

「弟が作った餅ですか。兄弟愛に文句を言ったら首をはねられそうですね」

「……作ったのは菓子司《かしつかさ》というそれ専門の人だけど」

そりゃそうですね、とお茶をひとくち飲んだ。甘いものに合わせるからか、渋めの味だ。

「ここも有名店だよ。もともと町の老舗《しにせ》だったけど、テレビに取り上げられて行列ができるようになったって」

丹羽さんがパソコンのネット検索画面に、菓子箱に書かれていたお店の名前を入れた。ん？　と不審そうに首をひねったあと、うーん、とため息をつく。

「嫌なもの見た」

「どうしたんですか？」

わたしの問いに、丹羽さんは黙って画面を指さす。動画専門のＳＮＳのようだ。和風の白衣を身につけた人が、白くて表面にトゲトゲがついている菓子を、指で持ってかかげている。顔は映っていないが、体つきからみて男性だ。続く声も低かった。

「クソ安い時給で働かせておいて、技術は盗め？　もうすぐ二十一世紀も五分の一が過ぎるんだぜ。

「丁稚《でっち》奉公《ぼうこう》の時代はどうこうとか、バカかよ。おまえなんてこうしてやる」

指先で押しつぶされ、菓子がねじ切られる。

「上から飾りつければ、元通りだけどな」

笑い声がこだましていた。

「なんですかこれ。お菓子を潰してまた売りものにしたってことですか？」

ついつい、うぐいす餅に目を向けてしまう。

「違うだろうね。画面に映っていたのは雪餅。山芋と餡を使った薯蕷練切《じょうよねりきり》を裏ごしして、黄味餡やつぶ餡の上から雪に見立ててまぶした冬のお菓子。潰したらぐちゃぐちゃになっちゃうよ」

「たしかにそうですね」

「潰して戻したものを売ってると思わせたかったみたいだね。嫌がらせで」

「嫌がらせもなにも、この子のほうが炎上しちゃいますよ」

「実際、もうしている。店に不満があったみたいだけど、バカな子だね」

男性の名前はわからないけれど、白衣の胸元には店の名前が縫《ぬ》い綴《つづ》られていた。動画には罵詈雑言のコメントがついている。

「和菓子は季節を味わうもの。雪餅もまだ売ってるかもしれないけど、その子はうぐいす餅を作ってないよ。ほらこの動画、半月以上も前。クビか、そうでなくても作らせてなんてもらえない」

わたしがおじけづいたと思ったのか、丹羽さんは笑顔を向けてくる。

「もちろんいただきます。せっかくのお土産ですし」

うぐいす餅は早春の菓子だという。では春をいただきましょう、と手を伸ばしたとたん、事務所の電話が鳴った。

丹羽さんがすかさず電話を受けたけど、十中八九、用件はわたし宛てだろう。——案の定、丹羽さんが視線をくれる。わたしは観念して、受話器に手をかけた。

「ややあややあ、お久しぶりですね、朝倉《あさくら》先生。といっても毎月おたくには、社員の給与計算をやってもらってますが」

まくしたててきたのは、屋敷《やしき》専務だった。

皿屋敷と総番長《そうばんちょう》という名前の居酒屋、ミールソファミというカフェ、それらのチェーンを持つ屋敷コーポレーションを創設した兄弟の、弟のほうだ。社長が兄の功一《こういち》さん、専務の名前は修次《しゅうじ》さんといい、事務部門を統括している。とはいえふだんは総務課長や担当者とのやりとりだ。専務から直接仕事をお受けしたのは、一年半前。正確には一年と七ヵ月になるだろうか。

従業員を辞めさせたい、そんな電話がかかってきたのだ。そういえばあれもアルバイトの従業員がネットでやらかした、いわゆるバイトテロだった。悪口ともとれる店への愚痴をSNSに流している従業員の存在に、最初に気づいたのが専務だ。誰がやったかわからなかったので、店全体に注意喚起をした。ところが不満を抱いていた従業員は、その後、不適切写真まで投稿してしまった。対応が早かったため炎上はまぬがれたけれど、その余波で、それはもういろいろあったのだ。

「さて今回お電話した理由なんですが……、辞めさせたい従業員がいましてね」

既視感に、思わずくらっとした。

また？　今度は誰がなにをやらかしたんだろう。ああ、うぐいす餅が乾いていく。

「なにかありましたでしょうか」

気づけば丹羽さんがいなくなっていた。給湯室から持ってきたお椀を、うぐいす餅の上にかぶせてくれる。

「事件とかそういうんじゃないんだけど、こうね、恒常的なもので、本人のやる気の問題なんだな。工夫とか分担とか、そこを怠《おこた》っているせいだから」

なにを言いたいのかわからない。屋敷専務？　と続きをうながした。

「実は、介護でたびたび休みを取る従業員がいましてね。先日ついに、勤務時間の短縮を求めてきたんですわ。だけどうちとしても困るわけ」

「辞めさせたいというのは、その方ですか？」

「そう。なにか手はないですかね」

「手もなにも、それはよくないですよ。育児・介護休業法で、要介護状態の家族の介護をしている従業員が必要とした場合、事業主は所定労働時間の短縮などの措置をしなくてはいけないと定められているんです」

「わかってるわかってる。そういうのは全部わかってますよ。でも困るじゃない。戦力にならないし」

「たしかにお困りかもしれませんが」

「あー、電話じゃ埒《らち》があかないや。ともかく一度うちに来てください。今ちょうど時間があいてましてね。そこから一時間もかからず来られるでしょ。じゃあよろしく」

唐突に電話が切られた。こちらの都合も聞かずに。

「アリですか、こんなの。わたしにだって予定が」

受話器を握りしめたまま、丹羽さんに訴える。

「位置的にも時間的にもだいじょうぶそうだね。屋敷コーポレーションの本社と、夕方に約束のあるクライアント、両方行けるよ」

丹羽さんがパソコンの液晶画面で地図を見ていた。先手先手を打つ丹羽さんの仕事のやりかたは見事だし、うぐいす餅が乾かないようにお椀をかぶせてくれたのはありがたかったけれど、地図のフォローまでされると逃《のが》れられないようで腹立たしい。

「行くしかないですかねえ」

「解雇だー、なんていきなり言いだしたらまずいでしょ」

「状況確認と釘を刺しにですか」

「うぐいす餅、先に食べる？　お疲れさまのごほうびがわりに残しておく？」

「食べます。戻れなかったら嫌だから」

だよねえ、とニコニコしながら丹羽さんがお椀を取ってくれた。

2

屋敷コーポレーションの受付で、やまだ社労士事務所の朝倉雛子《ひなこ》ですと名乗ると、待ってましたとばかりに屋敷専務が駆けよってきた。

「ややあやあ、悪かったですな。でも早いほうがいいでしょ。さあこちらへ」

挨拶もそこそこに、屋敷専務は先に立って歩きだす。

屋敷コーポレーションの本社が入っているのは貸しビルで、下層階を三フロア借りている。一階の居酒屋・総番長本店では、カフェも含めた屋敷コーポレーション全体のメニュー開発も行いつつ、お客の反応を見ているそうだ。資材関係は別にある貸倉庫だとか。

受付の先の廊下には会議室らしき扉がいくつかあって、いつもはそれらに通されるが、今日は屋敷専務が先導して執務スペースを抜けていった。総務課で、給与事務の担当者と目が合う。他の人の視線も感じる。挨拶をしようと口を開きかけたところ、屋敷専務がせきたててきた。

「向こうの部屋です。どうぞどうぞ。社労士の朝倉先生が来てくださったからもう安心だ。よろしく頼みますよ」

執務スペースの奥の、専務室と書かれた扉を示された。安心もなにも、介護による勤務時間の短縮を理由に従業員を辞めさせるなんて、ありえないんですけど。

専務室は細長い作りで、窓際にどっしりした執務用のデスク、部屋の真ん中にソファセットがあった。勧められてソファにつく。わたしはさっそく資料を出した。厚労省のサイトからプリントアウトした育児・介護休業についてのリーフレット、ガイドブックだ。

「屋敷専務、お電話でも申しあげましたが、誰にでも介護の問題はふりかかってきます。介護による離職も増えていて、企業側も働き盛りの社員を失う結果になっています。そのため、介護を行う従業員の負担を減らし、長く仕事を続けられるようにしていく必要があるんです」

要介護状態にある家族を介護するために、その家族ひとりにつき通算九十三日までの休業が認められること、一年間に五日まで休暇の取得が可能なこと、請求された場合には残業の免除が必要なこと、深夜業の免除、そして電話で言っていた所定労働時間の短縮について。全部、ガイドブックを見せながら説明した。——それなのに。

「もういいよ。わかってるって言ったじゃないですか。私だって知ってますよ。これまでひとつずつ求められて、融通を利《き》かせてきたんだから。その従業員にはずっと総番長の店長を任せてきた。しかし深夜は困ると言われ、カフェのミールソファミに移ってもらった。ところが急な休みを何度も取る。これではシフトが回らないと、内勤にして総務で預かった。新しい仕事を覚えてもらったところで介護休業の申請だ。ダメとは言えないから認めた。もちろん残業はさせていない。で、今回だ。なんと時短勤務をさせろと言いだした。これ以上、どうしろと？」

お手上げだ、とポーズでも示して、屋敷専務はソファにもたれかかった。口はへの字に曲がっている。

辞めさせたいのは総務の人だったのか。屋敷専務がわざわざ執務スペースから誘導してきたのも、プレッシャーをかけるためだろう。

「白髪、増えたと思わないかね？」

突然、屋敷専務が自分の髪に手をやった。

カツラがどうこう、と一年半前にSNSで揶揄《やゆ》されたのは、専務だったか社長だったか。記憶の彼方だが、どうやら屋敷専務は地毛とみえる。問われてみれば以前より白いような気がするが、兄弟ともに五十代ほどなので、白髪が増えるのは自然の摂理では。

「ご心労が多いんですね」

もちろんわたしも社会人、あたりさわりのない答えを返す。それとこれとは関係ないですよと、目に力を籠《こ》めながら。

「こっちは譲歩してると、わかってもらえますよね」

「はい。ただ、介護の問題はご本人や家族の状況によってさまざまです。その方が仕事と介護を両立させるためには、実情の把握が大事です」

「両立もなにも、うちはもうキリをつけたいんですよ。ただちにとは言わないが、辞めてもらう方向で進めないと新しい人も入れられない。予定もさっぱり立たない」

「新しい人にも、介護の問題は発生するかもしれませんよ」

「そんなの最初から雇いやしないでしょ」

屋敷専務が呆《あき》れたように言う。

「年齢関係なく、病気も介護も突然やってきますよ。未来のことはわかりませんし」

「たしかにそれはそうだけどね」

意外と素直に、うなずいてくれた。

それで従業員ご本人の事情は、と訊《たず》ねると、屋敷専務は説明をはじめた。

該当の従業員は、寺中操《てらなかみさお》さんという。三十六歳、女性で独身。屋敷コーポレーションにはアルバイトで入り、登用試験に合格して契約社員に、やがて正社員となった。総番長の在勤中に調理師の資格を取り、誰もが頑張り屋さんだと評す。屋敷専務も男なら幹部候補だったと口を滑《すべ》らせた。――男ならって。いやそこに嚙《か》みつくのは、今はやめておこう。話を進めてもらいたい。

入社時の家族は両親と兄だったが、母親が亡くなり、兄が結婚し、現在は父親とふたりぐらし。兄夫婦は近所に住む。ところが父親が要介護状態、育児・介護休業法に定める二週間以上の常時介護を必要とする状態になった。原因までは聞いていないが、脳に障害が残って身体を上手《うま》く動かせず、生活に介助が必要だという。

「今はデイケアに通わせているから、昼間まるまるそばについている必要はないらしい。だがその送迎に時間を取られてしまう。そのため二時間、勤務時間の短縮を求めたいというのが本人の希望なんですよ」

「時間短縮が必要だというなら、拒否はできません。ただ労務を提供していない時間は、給与の支払い義務はありませんよ。具体的なところは就業規則等で決めていただくとして、従業員の負担を減らすためにもなるべく早く実施していきましょう」

「だからそれを拒否したいっていう相談なんじゃないか!」

屋敷専務が、両手で机を叩く。叩いたあとで、いや失礼、と言った。

「今はデイケアだけかもしれないが、また事情が変わるかもしれないでしょ。介護ってのはいつまで続くかわからないんだ。さっきも言いましたよね? 寺中には店長から内勤、仕事を覚えたころに長期の休みと、すっかり振り回されてる。仕事は他の人間に振ることになるから、そっちからも不満が出る。先のことがわからないので人を増やす計画も立てられない。八方ふさがりですよ」

「他の方からの不満は、難しい問題ですね。ただ、介護は誰もに起こりえることなので、自分に同じことがあったときに利用できるよう、うちの会社はこういう施策がありますと周知して、お互いさまだと思ってもらう。それが事業主に求められていることで――」

ははっ、と屋敷専務が鼻で嗤《わら》った。

「きれいごとを言わないでほしいなあ」

「……きれいごと……、そうかもしれませんが」

「失敬。朝倉先生を責めるつもりはありませんよ。法律で定められてる以上、そう言うしかない。よくわかってますよ。だけどその法律を決めたのは誰だって話。実態を知らないヤツでしょ。有識者のお偉い先生か、官僚か。余裕のある人しか言えませんって。法律だからっていちいち守れるわけがない。大企業はともかく、中小企業はいっぱいいっぱいなんだ。それを会社が最初に甘い顔を見せたのがまずかったのか、法律を盾にして要求をエスカレートさせてくる。だいたい兄嫁はなにしてるの。兄本人はなにしてるの」

「なにかご家庭の事情があるのかもしれませんよ」

「どっちの味方なんですか、朝倉先生」

お金をもらっているのは、屋敷コーポレーションからだ。ただ屋敷コーポレーションが法律を無視し、寺中さんに離職を迫るようなことをしては企業の危機管理上、まずい。

客商売だし、訴えられでもしたら、いや悪評が立つだけでも売り上げに響きかねない。一年半前だって同様の件に直面して、薄氷《はくひょう》を踏む思いだったはず。

と説明したが、屋敷専務は納得の色を見せない。

「こちらが歩み寄ってる分、向こうも歩み寄ってもらいたい。それだけのことじゃない」

「歩み寄るためのなにかを提示なさったんですか?」

「アルバイトに戻ってはどうかと言いましたよ。時間単位で働くなら、時短うんぬんなんて考えから解放されるじゃない。もちろん介護の都合でシフトを優遇するとも伝えた」

「従業員の不利益になることなので、そういうことを会社から強要するのは禁止されているんです」

「知ってますよ。強要はしていない。あくまでアドバイス。ひとつの方法だ」

そのアドバイスが強要だと受け取られないよう、気をつけないといけないんだってば。だいじょうぶかなあという不安は表情に出さないよう伝えたが、透《す》けて見えたのかもしれない。屋敷専務が眉尻《まゆじり》を上げた。

「朝倉先生より私のほうが、ずっと介護に詳しいですよ。うちも母を看《み》ているんだから」

あ、さっき、病気も介護も突然やってきますよと言ったときに、素直に納得したのはお母さんのことがあるからだったのか。

「それは失礼しました。いろいろと大変なことも多いでしょうね」

「ああ、本当に大変でひと苦労ですよ。認知症もあっておおわらわだ。ちょうど今、車のトランクに買ってきたばかりのおむつが入っていてね。以前批判されたベンツに。朝倉先生、ここは笑うところですよ。ベンツにおむつ」

屋敷専務は、ツを小さめに発声した。品のない冗談だ。笑えない。

「私だってやってるんだから甘えないでもらいたいね。家庭のことは自分で調整して、仕事の責任を果たせ。まわりに迷惑をかけるな。そう言いたいんですよ、私は」

3

「屋敷専務ご自身も大変だというのはよくわかりました。でも法律のほうが悪いとばかりに開き直られても。どんどんきゅうくつになると、専務はご機嫌ななめです。社会が変化するんだから、法律だって変わるのに。ですよね」

最初に予定していたクライアントにも寄って、預かった書類を事務所に置きにきたら、山田所長と素子さんがまだ残っていた。帰るところだったふたりに、つい愚痴《ぐち》ってしまう。

「実情、必要、要望で変わっていくからねえ」

所長がそう言い、続けた。

「十五歳から六十四歳の生産年齢と呼ばれる世代の人口は前世紀の終わりがピークで、どんどん減っているんだよ。一方で高齢者の割合が増えて介護の手が必要となり、離職者も出てくる。かつての考え方ではいけないということだね」

働き手不足、そのあたりをもう少し丁寧に説明すべきだった。反省材料だ。

「でも屋敷専務は、そういった流れはわかってるんじゃない？　外食産業はアルバイトの確保も大変だと聞くし」

素子さんが鋭くついてくる。

「だったらもっと」

「総論賛成各論反対ってよく言うじゃない。わかってはいるけど、自分の利害にかかわってくると困るわけ。自社の従業員には働けるだけ働いてほしい、面倒を持ってくるなってね」

「そんなの勝手すぎますよ」

「口に出さなくても、それが本音って人は多いわよ。屋敷専務は正直なのね。正直な分、説得の糸口がどこかにありそう。ただ、自分も介護の経験者というのは逆に厄介《やっかい》かも」

「厄介、ですか？」

理解してもらえそう、じゃなく？

「介護だけの話じゃないんだけど、半端に知っている人って、基準が自分の経験になるのよね。自分はできている、だから他人もできると思う」

あー、とわたしは頭を抱える思いだった。

「まさにそれですよー。知っているのはひとつのケースにすぎないですよね。なのにわかってるって思いこんでるんです。どうしたらいいんだか」

「その寺中さんという人の事情をもう一度確認して、屋敷専務の事情とは同じではないことを理解してもらい、より適切な方法を見つけること、だろうね」

所長がまとめにかかる。その理解してもらうというのが、なかなかにハードルが高そうだ。ため息が出てしまう。

「脅《おど》しちゃったかしら。ごめんね、雛子ちゃん」

「すみません、素子さん。だいじょうぶです。あ、そうだ、その件とは別に仕事もいただきました。今までの屋敷コーポレーションさんとの契約は正社員契約社員の分だけで、パートアルバイトの分は給与計算も人事労務管理も全部、総務課でやっていらしたじゃないですか。実務に就いていたのが寺中さんなので、作業が回らないそうです。というわけで、パートアルバイトについてもうちに任せたいと」

あらそう、と事務所の金庫番でもある素子さんが嬉しそうにうなずいた。所長が確認するように訊ねてくる。

「それでも辞めさせたいということは、うちでその分を引き受けても、こぼれ出る仕事量を吸収できないんだね」

「はい。それに屋敷専務は、介護で時短勤務という前例を作りたくないんだと思います」

所長が苦笑した。

ほんとうに屋敷専務は厄介だ。一年半前も、問題を起こした従業員が勤めていた店のアルバイトの時給を、連帯責任とばかりに減額した。そういえば、あのあと元に戻したのだろうか。

壁には感謝の言葉を綴った紙が、幾枚も貼りだされている。豆知識も標語もてんこもりだ。作務衣《さむえ》にも似た上っ張りを着た従業員が、注文のたびに「ありがとうございます！　感謝です！」と唱和する。

居酒屋・皿屋敷は、一年半前と変わっていなかった。

「行きたい店があるなんて言うからどこかと思えば、ここ？」

仕事帰りにもかかわらずメイクをきちんと整えた遠田《とおだ》美々《みみ》が、呆れた声を出した。

「いろいろあって」

「ふうん。仕事絡《がら》み？」

探るような目を向けられる。仕事絡みといえばそうだけど、お店そのものには関係ない。美々の弟の徹太《てった》くんはどうしているかな、と思っただけだ。

「そうでもないんだけど、元気かなって思って」

「私が？」

「そのボケ要らない。徹太くんだよ。この店の店長代行なんでしょう？　食品衛生責任者の表示にも、ほら、遠田徹太って名前が載《の》ってる」

わたしたちは、以前も座ったことのある角のテーブル席で向かいあっていた。あのときは別の名前が掲げられていたっけ。

「代行取れた。店長。でもさ、アルバイトのまま店長をさせるってどうなのよ。せめて契約社員にしなさいって」

美々がビールのジョッキを傾ける。

「契約社員も有期雇用だったはず。日給制とはいえ、時給にするとたいして変わらないよ」

「ボーナスがあるらしいよ。ほんのちょっとだけみたいだけど。あと、慶弔関係の手当てが出るって聞いた。そういうの、雛子のほうが詳しいんじゃないの？」

まあね、とあいまいにうなずいた。

アルバイトや契約社員は、身分も収入も不安定だ。もちろん簡単に解雇などできないが、次の契約を更新しないということはままある。寺中さんにアルバイトになるよう勧めたのは、理由をつけて契約を切りたいからだろう。介護を理由とする雇用形態の変更への強要が禁じられているのは、そうさせないためでもある。

「あ、いたいた。おーい、徹太」

美々が通り過ぎていく徹太くんに声をかける。徹太くんはさりげなく無視をしかけ、しかしわたしを認めて近寄ってきた。

「お久しぶりです。お元気でいらっしゃいますか」

丁寧《ていねい》な礼をした徹太くんは、今日もバンダナの中にきちんと髪を入れていた。甘めの顔立ちは変わらないが、頬《ほお》のあたりがシャープになったような気がする。

「元気です。徹太くんはどう？　もしかして少し痩《や》せた？」

「体重は以前と同じですよ。生活もあまり変わってないですね。相変わらず姉貴とはすれ違いです」

にやりと笑ったその顔は、それでも少し変わって見えた。店長を任されて、しっかりしてきたんだろうか。

「いいかげん自分の部屋を借りてほしいんだけどね。彼氏を連れてこられない」

美々が綺麗に色を塗った唇《くちびる》を尖《とが》らせる。

「いもしないくせして。お互いの生活時間がずれてるからストレスもないじゃん。試験勉強もあるし、生活も雑事もミニマムにしたいんだって」

「ミニマムー？　聞いて呆れる！　その雑事は誰がやってると思ってるの。私だよ！　ゴミ出しとか生活必需品の買い物とか親への連絡とかそういう細かくて目に見えないアレコレ。それを全部押しつけて！」

美々が声を上げる。周囲の人の目が集まって、徹太くんとふたりで慌《あわ》てて止めた。あんたがちゃんとしないから、と美々は怒っている。

「それは謝るよ。ごめんってば。あの、朝倉さん、今日はどうしたんですか？　姉貴に言われて、自分に説教しにいらしたんですか？」

「まさか。その後どうなったかと思って。減額されてた時給は戻った？」

「ありがとうございます。売り上げが好転したと言われ、なんとか戻りました」

「お店の雰囲気《ふんいき》は変わらないね。例の閉店後の反省会、ホームルームはまだやっているの？　シフトはきついまま？」

ああ、と徹太くんが微妙な表情をする。

「ホームルームはやってます。上からの通達なのでやらざるを得ないっていうか。自分が主導する立場になったのでコンパクトにまとめてはいますが、かったるいという声は届きます」

「従業員教育も徹太くんがしてるんだ」

「店長なんで。以前みたいなことがあったら大変だし。自分は上から来た人間じゃないので、妙な反発は生まないと思うんですが」

一年半前のバイトテロは、徹太くんのいた店で起きた。お詫《わ》びの半額キャンペーンは全店で行ったので、店の特定はされていない。

「気を遣《つか》ってるんだね。お疲れさま」

「それほどでも。シフトのほうが気を遣いますよ。自分が組むんだけど、人がいない時間は自分自身で穴埋めするしかなくて」

「それ、別の小売業の店長さんも言ってた」

美空《みそら》書店の木嶋《きじま》さんだ。あの店も正社員は木嶋さんだけで、あとはアルバイトだ。正社員がひとりなのかと驚いたけれど、この店よりマシかもしれない。

「わかりますー。今、人が足りないんですよね。うちも新規バイトを募集してるんだけど、深夜があるからなかなか来なくて。時給も安いですしね」

徹太くんがバイト募集の張り紙を指で示した。似たような店はたくさんあって働き手の取り合いになっているけれど、最低賃金に近い。

「言っていい？　あのバイト募集の紙、全然目立ってない。名言とか格言とか、多すぎ」

美々が、ぼそりと真実を突く。あれも上の指示で、と徹太くんがうなだれた。

「そういえば試験勉強ってなんのこと？　契約社員への登用は、抜き打ちチェックって話だったよね」

徹太くんと美々の、両方に向けて訊ねる。

「調理師免許を取るつもりなんです。金がないから養成学校には行けないけど、実務経験二年で受験資格が得られるんで、そこはもうクリアしてます。あとは公衆衛生学とか食品学とかを本で勉強してます。持ってれば契約社員になれそうだし」

「せっかく取っても契約社員なのって気もするけど、持ってて損はないしね。転職にも有利なんじゃない？　雛子だって社労士の資格取ったおかげで安定した仕事に就けたでしょ。今の徹太には、一番の近道かなって」

「すごいじゃん。がんばって」

ビールを奢《おご》ってあげたくなったけれど、あいにく徹太くんは仕事中だ。合格したら美味しいものを食べさせてあげると約束した。ん？　調理師の資格をとるなら逆かな？　わたしたちが美味しいものを作ってもらうのもよさそうだ。とはいえ味をインプットしないと、作ることもできないだろう。

「まえの店長は？　五郎丸《ごろうまる》店長はどうされてるの？」

一年半前に、食品衛生責任者として名前を掲げられていたのが五郎丸武彦《たけひこ》店長だ。

「……あー、資材センターだと聞いてます」

徹太くんが微妙な表情で答える。

「それって、倉庫番みたいなもの？」

「うっわ。冷淡そうな人だったから同情しないけど、私だったら転職しちゃうな」

わたしと美々が矢継ぎ早に言って、徹太くんがますます困った顔になる。

「ちょうど子供さんが受験らしくて、転職するにしても問題のない時期を見計らってるんじゃないかって噂《うわさ》です。家のローンがあるとかいう話も。なんか、大人って大変ですよね」

なるほどと納得しているわたしの向かいで、美々が徹太くんを睨《にら》んでいた。

「徹太、あんたももうじゅうぶん大人なんだけど。わかってる？　私に甘えっぱなしだからそんなのんきなことが言えるのよ」

「そ、そろそろ厨房《ちゆうぼう》を見ないといけないので失礼しますっ」

そそくさと徹太くんが逃げていった。

給与計算は引き受けているけれど、どの会社であっても、誰がどの部署にいてどんな職位にあるかなど、細かな部分は見ない。だから五郎丸店長のその後は知らなかった。物流や資材管理も大事な仕事だけど、経理畑の経歴が役に立つものなんだろうか。

4

翌日、わたしは屋敷コーポレーションのパートアルバイトの人事管理と給与計算の引継ぎに出向いた。時給に働いた時間を掛け算するだけだと屋敷専務は言うが、そうでもない。ミスなく洩《も》れなく遂行するための準備が必要だ。現状を確認して、契約書も新たに交わさないと。

案内された総務課に、昨日、わたしに視線を送ってきた人たちがいた。いつもやりとりをしている担当者の嘉山《かやま》さんと石橋《いしばし》総務課長のほか、はじめましての人がふたりいて、うち一方が寺中さんだ。小柄で、大きな眼鏡をかけている。もう一方はパート勤務の女性で、沼田《ぬまた》さんという。丹羽さんや素子さんより少し年上の五十代前半くらいだ。約二ヵ月前、十二月から勤務しているそうだ。

「本当はもうひとり社員がいるんだけど、今日は急に休んじゃってね」

石橋課長がそう言ったまま、どこかに消えてしまった。嘉山さんも沼田さんも自分の仕事に取りかかる。わたしは寺中さんから給与計算に使っている資料の説明を受けた。店舗にいる人は紙に手書きの出勤簿、事務所の人はタイムカードと、バラバラだ。集計の締切り日から支払日までも短く、その間に、パートアルバイトの給与明細から銀行への振込データまで作らなくてはいけない。うちに全部アウトソーシングするなら、正社員契約社員と同じソフトに入れさせてほしい。ずいぶん楽にできる。

そんな話を寺中さんにしてみたが、決定権は石橋課長や屋敷専務にあるし、店の負担が増えることになってはと反応が鈍い。寺中さんは、とにかく今の状況を伝えたいとみえ、早口で説明していく。視線も書類から離そうとしない。というかむしろ、

「眼鏡、合ってないいんですか？　さっきからずいぶん近づけて見てますけど」

つい気になって、問いかけてしまった。寺中さんは目の下に隈《くま》が浮いていて、それを隠したくて眼鏡なのかと最初は思っていたのだが。

「古いものなんです。いつもはコンタクトなんだけど、なかなか買いに行けなくて切らしてしまって」

「ネットで買えないんですか？　コンタクトレンズ」

「どうなんでしょう。買ったことなくて。処方箋《しょほうせん》とかどうすればいいのか」

反射的に口に出してしまったけれど、正直細かいことはわからない。

「すみません、わたしもコンタクトじゃないので知らないんです。今、なんでもネットで買えるから、どうかなって思って。処方箋が要るんですね」

「一応、医療器具なので眼科で診てもらう必要があるんです。でも時間内に行けなくて」

なるほど、自分のことはあとまわしなのか。わたしはついでのように訊ねた。

「お忙しいんですよね。ご家族の介護をなさっていると伺《うかが》いました」

「まあ、その。バタバタしています」

「ひとりで看ていらっしゃるんですか？　ほかのご家族は」

「赤ちゃんが……。実は兄のところに子供が生まれて、どうしても私が」

寺中さんが小声になる。屋敷専務は家族に手伝ってもらえと言っていたけれど、そういう事情なら、簡単にはいかないだろう。

「日中は介護施設を利用なさっているそうですね」

「……ずっと預かってくれる施設にお願いしたらどうかって話ですよね。よく言われます。考えてもいます。ただ、公的なところは順番待ちで、民間のところは費用的に難しいし」

うちのクライアントのひとつ、社会福祉法人愛と守の会が持つ「ゆうともりの家」に空室を訊ねてみようかとも思うけれど、あそこは食事で差別化を図っているぐらいだから、良心的な価格設定のほうとはいえ、それなりの費用はかかる。

今の彼女にとって、時短勤務は急務だ。

どうすれば屋敷専務を説得できるんだろう、と思っていたところ、石橋課長が慌てたようすでやってきた。

「大変だ。白井《しらい》さんから連絡があって、旦那《だんな》さんが急に九州に転勤することになったから仕事を辞めるって。えーっと、今日みんな残れる？」

ええ？ と大きな声が、嘉山さんと沼田さんからあがった。寺中さんは黙ったまま表情を硬くする。白井さんというのが、今日休んでいる社員だそうだ。

「残業ってことですか？ 今日の今日？」

嘉山さんが焦《あせ》っている。石橋課長が言い聞かせるように応《こた》えた。

「白井さんの残していった仕事があるから、ねえ」

そうはいっても、と嘉山さんと沼田さんが顔を見合わせる。

「あたし、子供のお迎えが。今日は習い事がないので」

嘉山さんが言った。嘉山さんは三十代後半で、小学生の子供がいるという。学童保育に預けていて、習い事のある日はそちらのスクールの職員がまとめて子供を迎えにくるため残業ができるが、今日は夕方には戻らなくてはいけないそうだ。

「沼田さんのところは、もう大学生ですよね」

嘉山さんから話を振られた沼田さんが、戸惑《とまど》うようにうなずいた。石橋課長がすかさず畳みかける。

「大学生？ じゃあだいじょうぶだよね。いやあ、そんなに大きなお子さんがいるなんて全然見えないよ。沼田さん、頭の回転は速いし総務の経験者だし、ああ、いい人雇った。頼りにしてますよ」

　石橋課長のセリフがあからさますぎて笑ってしまいそうだ。

「あの、残業はできますが、ただ、まだ時間の余裕はあるし、明日、白井さんがやればいいだけの話じゃ」

　沼田さんが口にした言葉の返事を、嘉山さんも寺中さんも固唾《かたず》をのんで見守っている。

「いやあ、それが、ねえ。……明日からはみんなで白井さんの仕事を分担してくれる？」

　石橋課長も言い辛《づら》そうに答えた。

「もう来ないってことですか？」

「無理ですよ、そんな。四人でやってた仕事を三人でやるなんて」

　続けざまに発言した嘉山さんと沼田さん。石橋課長がなだめにかかる。

「もちろん僕も手伝うよ。白井さん、九州だから家を探すにも宿泊が必要だし、手続き関係もあって忙しくて来られないって言うんだよ。有休も今まで取れなかったから余っていて、残りはそれを消化して辞めたいって」

「嘘《うそ》でしょ。そんなのありですか？」

　嘉山さんが石橋課長に訴えた。課長はわたしに視線を向けてくる。原則的にはあり、になる。わたしは口を開いた。

「白井さんは有期雇用契約の社員ですか？　無期、期間の定めがない契約ですか？」

「どういうことです？　普通の社員ですよ」

「私の三年下です。特になにか期限を設《もう》けてるわけじゃないです」

石橋課長、嘉山さんと、順に答える。

「だとしたら、労働者――従業員のほうからの退職の申し入れは、法律上、退職日の二週間前までに行えばよいとなっています」

「労基法で、三十日前までに言わないといけないっていうのがありませんでした？」

沼田さんから質問される。嘉山さんもうなずいた。なるほど。たしかに沼田さん、総務で勤務した経験があるようだ。

「はい。使用者のほうからはそうです。民法で、労働契約の解約は二週間前までにとなっているんですが、使用者から雇用を解約する場合は労基法の規制が入るので、三十日前までの解雇予告または三十日分以上の平均賃金の支払い義務があります」

民法第六二七条一項と、労基法第二十条だ。ちなみに有期雇用の場合は、従業員は契約終了まで勤務しなくてはいけないというのが原則だが、やむを得ない事由があれば退職は可能だし、そもそも誰かを強制的に働《さ》かせることなどしてはいけない。通勤不可能な場所への引越しが避けられないなら、やむを得ない事由として認められるだろう。

「有休もあげるんですね？」

　嘉山さんが確認してくる。

「従業員から出された希望日を別の日にお願いする時季変更権が会社にはあるんですが、退職する人には振り替える日がありませんよね。認めることになります。白井さんにはどれだけ年次有給休暇が残っているんですか？」

「調べないとわからないけど、二週間は確実にあると思います。よっぽどのことがないと休めなかったから」

　嘉山さんが答えながら、ちらりと寺中さんを見た。

　寺中さんは黙ったまま、居心地悪そうにしている。彼女のせいで他のスタッフにしわ寄せがきていたという話だった。

「なんとかならないんでしょうか」

　疲れた声で石橋課長が訊ねてくる。

「白井さんの引越し先に、御社の支店や支社はないんですか？」

　わたしの質問に、石橋課長が首を横に振った。

「ないですよ。あったとしても、うちの課からいなくなることに変わりはない。僕が言いたいのは、旦那さんの単身赴任って形にもってけないかってことで」

　そういう方法がまるでないわけじゃない。たとえば丹羽さんは以前は引越しを選んだけれど、この先はお子さんの受験や進学も視野に入れることになるから、単身赴任も選択肢にしているみたいだし。

「でも子供欲しがってたよね、白井さん」

沼田さんがぽつりと言った。嘉山さんがうなずく。白井さんは嘉山さんの三年下とのことなので、三十代半ば。沼田さん以外は、似たような歳頃だ。

白井さんの希望は、あくまでも退職ということか。

別居して夫婦両方が働くのも自由だし、一方が退職して一方の勤務先の近くで同居し、家族を増やしたり新しい就職先を探すのも自由だ。屋敷コーポレーションに残るという選択肢を消したのは、白井さんにとっての優先順位が低かったということだろう。

「ご本人が決めた以上、退職させないということはできません。会社としては、引継ぎに必要な日数を割りだして、そこはなんとか来てもらうようお願いする、残った有給休暇をその分後ろ倒しにする方向で退職日を話し合う、ぐらいでしょうか」

まいったなあ、と石橋課長がため息をつく。

「すぐに人手が必要なら、短期間の派遣社員も検討なさってはいかがですか？」

「派遣さんか。専務が好きじゃないんですよね。派遣会社に払うマージンが必要でしょ。直接雇用のほうが費用を抑えられるから」

マージンを払う代わりに、会社側は採用費や労務にかかる負担を抑えられる。とはいえ会社の方針もあるし、元派遣社員としては思うところもあるので、それ以上は言えない。

　屋敷専務から電話がきたのは事務所に戻ったあと、夜になってからだ。所長はじめ三人を送りだし、そろそろ仕事にキリをつけて帰ろうと思っていたころ、見計らっていたかのように電話が鳴った。しまった。自動応答の留守番電話にするのを忘れていた。

「石橋から聞きましたよ。有休は与えないといけないんですか？　こんなときに辞めるなんて、まるで泥棒に追《お》い銭《せん》じゃないか」

　年次有給休暇は労働者の権利ですよ。請求された以上は与えなくてはいけません。退職の自由だってありますよ、と説明する。石橋課長にも伝えたばかりなのに。

「まったくダブルパンチだ。勝手に退職するやつは損害賠償を請求すると通達してやる」

「退職の手順に問題のない方に対して損害賠償など請求できないし、脅しで社員を縛《しば》っては逆効果になりますよ」

「……そうしたいほどショックってだけですよ。本当にしやしない」

「寺中さんを辞めさせたかったんですよね？　彼女が辞めた場合の人員補充の予定を、前倒ししてはいかがでしょう」

「予定？　そんなものないですよ。四月まではいてもらって、新入社員に引継ぎをさせようと考えてたんだ」

屋敷専務は、つくづく勝手なことを言う。今は二月だ。無理にでも辞めさせられるとなったら、寺中さんだって会社の都合に従うわけがないだろう。

「寺中さんのお兄さん夫婦にお子さんが生まれたそうです。それもあって、寺中さんに負担がかかっているとか」

「子供？　父親の介護はずいぶん前からのはずだが。無計画だな」

「屋敷専務。お言葉ですが……」

「いやわかってる。わかってますよ。本人には言わない。つい口が滑っただけだ。内緒の話にしてくださいよ」

だからこその本音、だろう。屋敷専務は、不愉快そうな声でこうも続けた。

「はあ。まったく思い通りにはいかないな。介護に手がかかるってのに、何年も受験生をやっているのもいるし」

受験生？　屋敷専務も、お子さんとお母さんの両方に手がかかっているんだろうか。それには同情するけれど、他人の家族計画に口を出そうとしないでほしい。

「それで朝倉先生、どうすりゃいいんですかね。寺中の時短勤務には応じるしかないって話をされたけど、プラス一名の退職者で、このままじゃ総務課は崩壊だ」

「はい。わたしもほかの方の疲弊が心配です」

「それは同感だ。寺中にはしばらく我慢してもらうしかない」

「人を入れるのが最も早い解決策ですよ。社員は八時間勤務ですよね。寺中さんの時短分が二時間として、単純計算で十時間分の仕事になります。仕事の洗い出しをして省ける仕事は省くとしても、他のスタッフも休みがとりづらくなっているようなので、理想としては社員一名、パート一名。またはパート二名。パートの沼田さんは優秀らしいですね。同等くらいの経験者なら、パート二名でもだいじょうぶかと」

「いいのはそうそう転がってませんよ」

「派遣社員はいかがですかと石橋課長に進言したのですが」

「金の無駄だね」

「どなたか、総務の経験者が他の部署にいらっしゃいませんか？」

「十年ほど前にやっていたのが経理にいるが、そっちもギリギリの人数だ」

だったら、とわたしは受話器を握る手に力を籠める。

「五郎丸店長。五郎丸さんはいかがですか？　以前、経理にいらしたと伺いました」

「ほしいのは総務だよ？」

「たとえばのお話ですが、経理に今いらっしゃる経験者の方を総務に移して、代わりに――」

「気が進まないね。あいつは細かいから好きになれん」

経理の仕事も総務の仕事も、細かい人のほうがいいのではと突っこみたくなった。好き嫌いで仕事をしないでほしい。

「ともかく人は入れるしかない、か。考えてみますよ」

なるべく早く動いたほうが、と伝えようとしたら、もう電話が切れていた。相変わらず、一方的に話をする人だ。

残りの仕事を手早く済ませ、戸締りをして、消灯しようとしたところで再び電話が鳴った。こわごわ電話機のディスプレイを見ると、さっきと同じ番号だ。

これは出るしかない。でも今度はなに?

「朝倉先生。ネット見てくれ、ネット。うちの会社が晒《さら》されてる」

5

どの店のアルバイトがやらかしたんだろう。おかしな写真や動画がネットで炎上すると、今度こそその店が潰れかねない。と思って訊ねたけれど、少し違うとわかった。

「匿名掲示板に載せられた。新卒の就活解禁間近になんてことをしてくれるんだ」

教えてもらった掲示板をみると、就活関係のカテゴリーのなかに屋敷コーポレーションに関する投稿があった。最悪、休めない、クソなど、愚痴とも罵倒《ばとう》ともつかない書きこみが一方的に続く。日を置かず、カテゴリー違いなので独立のトピックスにするよう求めるコメントがついていた。リンク先の新たなトピックス名は、『【飲食】屋敷【菊と介】』。

菊とは、皿屋敷という店舗名の元になった番町《ばんちよう》皿屋敷のお菊《きく》のことだろう。介はわからない。すけ？　かい？

就活カテゴリーへの愚痴も、新しいトピックスも、半月ほど前からはじまっていた。書きこみの時間は夜に集中していて、第三者とネット上で会話をした際にも返事がすぐについていた。たまに昼にもぽつりと書きこみがあるが、時間は連続していない。投稿者にとっての余暇時間は夜らしい。

――屋敷最悪。ぜんぜん有休取れない。理由によって差し戻しは当然。病気でも出てこいってさ。インフルテロ起きるぞ（トピ主）

――残業拒否の人がいるせいで、他の人にしわ寄せ。休みも返上させられる（トピ主）

──残業拒否ってなに。オレもやりたい（通りすがり）
──特別な事情のある人ならできるぜ。詳しくはＵＲＬ見な。そういう規則がある（トピ主）

トピ主というのは、トピックスを作った人のことだ。リンクを張られたＵＲＬの先は、〝三歳未満の子の養育や要介護状態の家族の介護を理由として残業の免除を従業員から請求された場合は、事業主は応じなくてはいけない〟という内容を載せた解説サイトだった。

「残業拒否というのは、どう考えても寺中のことだろう。総務の誰かが書いたんだ。一番怪しいのは辞めると言いだした白井だな」

屋敷専務が息巻く。

「育休明けの方や介護をなさっている方は他の部署にいらっしゃらないんですか？　総務を指しているとも、白井さんだとも限りませんよ」

「たしか営業に育休明けがいたな。介護をしてるのもいるにはいるが、残業はしてるはず。免除なんてのは、請求されなければしなくてもいいんですよね？」

「それはそうです。ただ会社は、従業員が働きやすい環境を整える必要があります。育児や介護中の人をはじめ、全員に、どんな施策があるかを伝えて――」

「その話はあとにしてくれませんかね。投稿者を突きとめるほうが先だ。匿名掲示板の削除依頼のガイドラインというのを見てみたんだが、個人に対するものでも面倒そうだし、企業関係のものは対応しないようだ。ふざけた話だが、自分で動くしかない。そう思って今、白井に電話をしたが出やしない」

だから白井さんとは限らないってば。

「今度こそ損害賠償だ。名誉毀損《めいよきそん》で訴える。有休も使わせない。懲戒解雇にしてやる」

「待ってください、屋敷専務。まず、投稿したのが白井さんだという確証はありません。それに、名誉毀損罪に関わる刑法には公共の利害に関する場合の特例があって、示されたことが公共の利害に関する事実で、その目的が公益を図ることにあって、真実だと証明されれば罰しないとされています。有給休暇を取らせないのは違法ですよ。それを告発したのだと言われればこの特例に引っかかるかもしれません。有給休暇の取得を、理由によって差し戻しているんですか？」

「運用は現場に任せてますよ。だが仕事なんだ。遊び目的なんかで休めるわけがない」

「有給休暇の申請に理由は必要ないんですよ」

「そうは言っても社員に好きなように休まれたら仕事にならないでしょうが。とにかくその話もあとで。こいつは過去の話まで蒸し返してるんですよ。くそっ。なにが公益だ」

——休憩時間のルール知ってるか？　六時間を超えて勤務させるなら四十五分休憩させなきゃいけないんだ。それを屋敷では、トイレに行く時間で十五分使ってるって言い張って三十分。やべえだろ（トピ主）

——八時間超で一時間な。取れないのがフツー。おまえら奴隷だから（通りすがり）

——バイトテロで大騒ぎになって店長左遷、そこまでは許す。けど、店にいる残りのアルバイトまで時給減、って話もあってだな。ペナルティだと抜かしやがる。それもフツーかよ（トピ主）

——たいした写真じゃないんだぜ。賄《まかな》いだし。自分で喰うものだし。それをまあ寄ってたかって叩いて勘弁《かんべん》しろよ死ねよってか。まじ奴隷だと思ってるんじゃないか（トピ主）

たしかに一年半前の事件のことまで書かれていた。安い給料でこきつかいながらひどい待遇だ、人を人とも思わない体質の会社だ、などと、トピ主は次々と不満をぶちまける。

「休憩時間については改めましたよね？」

「朝倉先生に言われましたからね。今でもやっているかのような書き方だ。こんなの放っとけますか？」

屋敷専務の声に怒りが籠もっている。

「皿屋敷で起こったことは、従業員全体が知っていることですか？」

「SNSで大騒ぎになった件はもちろん知られてますよ。ただ店での細かいこと、さっきの、どういった休憩の取らせ方だったかなんてのは知らないはずだが。念のため石橋に調べさせよう。なにかアドバイスを思いついたら教えてください。じゃ」

また唐突に電話を切られた。

アドバイスもなにも、従業員が働きやすい環境を整えることも有給休暇のことも、さっきから、いや、昨日からいろいろと話している。屋敷専務が求めるアドバイスとは、投稿者を捜す手段と、自分の思うとおりに進めるためのものだろう。ほかの意見は聞く気がないようだ。

「【菊と介】の介《スケ》は、スケバンのスケだろうね。女番長のことだよ。総番長って店を指してるんじゃない？」

　翌日、丹羽さんが教えてくれた。

「そういえば漫画やドラマで聞いたことがあります。ちょっと古い言葉ですよね」

　わたしの返事に、丹羽さんが苦笑を浮かべる。

「死語ってやつだね。死語という言葉も古いか。カルチャーとしてはいつごろかな、少なくとも二十世紀だよ。今は全部まとめてヤンキーって言うんだっけ」

　多分、としかわたしにも答えられない。

「それで、皿屋敷と総番長の隠語に、菊、介はあるの？」

「友人の弟が今も皿屋敷に勤めているので訊ねたんですが、菊というのは、たまに聞くそうです。ネットに悪口を書くときの検索除《よ》けなんですかね」

「ふうん。それで今度こそヒヨコちゃんが犯人捜しを手伝うと」

「しませんよー。それはわたしの仕事じゃありません」

「だけどそこが解決しないと、介護の人の時短勤務も、夫が転勤するって人の退職も、屋敷専務が認めないいんじゃない？」

　う、と言葉が詰まる。

「……認める認めないじゃないし、新しい人さえ入れば仕事はまわるはずなんですけど」

「入りそう？」

難しそうです、とわたしはうなだれながら首を横に振る。それに新人が入ったとしても、根本的な解決にはならない。総務の環境が再び変わったら、時短勤務を希望する寺中さんがまた責められる。介護と仕事の折り合いをつけながら続けられるよう、なんとかしたい。

ふふふ、と丹羽さんが笑った。

「なにがおかしいんですか。笑ってる場合じゃないんですよー」

「ごめんごめん。いやあ、過去って追いかけてくるもんだねえ、って感じただけ。一年半前に賄いの写真をアップしたアルバイトの子、また話題になるなんて思ってなかったんじゃない？　悪いことはできないもんだ」

「写真をすぐに消していて、ネットから見つけづらいのがせめてもの救いです。写真のあるなしでインパクトが違いますもんね」

そのことでひとつ、気になったことがあった。

不適切写真や動画をＳＮＳにアップすると、ネットにいる誰かしらがそのデータを保存する。俗に魚拓《ぎょたく》と呼ばれるものだ。一年半前の件を知らない人も多いらしく、【飲食】屋敷【菊と介】なるトピックスでも魚拓を要求されていたが、まだ上がっていなかった。その代わりのように、別の飲食店や商店のアルバイトが起こした不適切動画が、

「通りすがり」を名乗る人たちからふざけ交じりにあげられている。トピ主は、別件だからやめてくださいと、あがるたびに訴えていた。

このトピ主は、五郎丸店長や店のアルバイトがどうなったかまで知っているのに、写真は公表しない。持っていないのか、持っているのに出さないのか。どっちなんだろう。

もしかしたら、辞めさせられたアルバイトが自分の身元を追及されないように用心しながら復讐しているんじゃないだろうか。だけどその子は、総務の内部事情までは知らないはず。それとも誰かとつながっているとか？

わたしは徹太くんにメッセージを送り、当時事件を起こしたアルバイトの学生と連絡を取れないか訊ねてみた。向こうがＯＫなら仲介するというのが、徹太くんの返事だ。

「やっぱりするんじゃないの。犯人捜し」

丹羽さんが、にやけた顔を寄せてくる。

「しません。ちょっと気になっているだけです」

「例の元店長はどう？　干されているんでしょう。動機はアリだね」

「五郎丸店長はそういうことをするタイプには思えません」

「わかんないよ。人は環境で変わるから」

面白くなってきた、と丹羽さんは何度もうなずいている。ひとごとだと思って。ダブルパンチがトリプルパンチだ。

6

翌々日、屋敷専務からの呼び出しでまた屋敷コーポレーションに出向くことになった。

「早速、石橋に調査させましたよ。不適切写真の投稿で五郎丸が異動したという情報は周知されているが、休憩の与え方なんて他の部署では知らないだろう、ということだった。その点から考えても、匿名掲示板にあれこれ書いたのは総務の誰かに違いない。仕事の洗い出しという理由で面談することにしましてね。白井も明日なら引継ぎのために出社するというし。朝倉先生も同席してくれますよね。じゃあよろしく」

と、屋敷専務が一方的に連絡してきたのが昨夕のこと。

いつもながら強引すぎる。なぜこちらの都合を聞かないのか。

……なのに。

「ええ？　屋敷専務はいらっしゃらないんですか？　連絡も取れないってどういうことなんでしょう」

受付に出てきた石橋課長が、困った顔をしている。

「連絡は一応あったんですが、外せない用ができて休むと言ったきり、携帯が留守番電話になっておりまして」

「わたし、屋敷専務に呼ばれて参ったのですが」

「話は聞いています。代わりに進めていてくれとのことです」

話がとんでもない方向に進んではいけないと、なんとか時間をやりくりしたのに。だいたい代わりにもなにも、取り調べのようなことをしたがったのは屋敷専務じゃないか。

「石橋課長がご存じなのは、どこまでですか」

「ネットのことも聞いてますよ。専務は、四人のうちの誰かが内部事情を晒したんじゃないかと言うんですが、私には見当もつかないというか、ありえないというか」

ありえないという言葉に、ですよね、とわたしもうなずく。

休憩の与え方について、総務課以外の人は知らない。それはたしかなのだろう。ただ、事件を起こしたアルバイトは、SNS上で愚痴っていた。アカウントが消される前に誰かに読まれた可能性は、ゼロじゃない。

石橋課長が続けた。

「専務は辞める白井さんをもっとも疑っています。でもあんなことをしたらスムーズに辞められなくなるからしないでしょう。寺中さんが他人のふりをして会社への不満を書いた可能性もあると言われたんですが、やっぱり自分の立場を悪くする。嘉山さんは最もベテランで最も信頼する部下です。沼田さんは昔のことなど知りません。みんなまじめでいい人たちですよ」

白井さんが辞めると決まったのはここ二、三日のことだ。半月前に、なにか愚痴を垂れ流したくなるようなことがあったのだろうか。そう訊ねてみたが、石橋課長は首をひねっている。

四人の面談に同席してみたけれど、仕事量の多さを訴えられたくらいで、ネットの件はわからずじまいだった。

屋敷専務と連絡が取れたのは、わたしが事務所に戻ってきてからだ。

「結局、なにもわからなかったと石橋から聞きましたよ。あいつは相手を乗せてうまく喋《しゃべ》らせるのが下手《へた》なんだ。朝倉先生は彼女らと話して、どう思いました？」

「わたしにもわかりませんでした。でも犯人捜しより有効なのは社員を大事にする施策です。あのトピックスに訴えられたことを潰していけば不満はなくなります。有給休暇を取りやすくすること、残業を少なくすること、育児や介護を担う社員の負担を減らすこと。アルバイトの不適切写真は過去のことです。過去は消せませんが、今は違うということを見せていきましょう」

はああ、と電話の向こうから、長いため息が戻ってきた。

「全部を飲めるわけがない。あ、もしかして、あれ書いたの朝倉先生じゃないの？　世間からの外圧ってのを利用しようとしたとか」

「わたしが寺中さんのご事情を知ったのはつい先日ですよ」

「冗談ですよ、冗談。嫌だなあ」

クライアントでなければ、この電話をガチャ切りしたい気分だった。

「……失礼しました。ただ、ご予定が変わられたなら連絡をいただきたいのですが」

「申し訳ない。連絡ができないぐらい忙しかったんですよ」

「どうかなさったんですか？」

「いろいろですよ。兄も海外出張だし。はあ。とにかく忙しくてね」

屋敷専務はしばらく、誰がどう怪しいなどと話していたが、突然、あ、と声を上げた。

「もうひとりいる！　総務のことを把握できて、一年半前のことを知っている人間が」

「どなたですか？」

想像はついていたけれど、訊ねてみる。

「五郎丸だ。あいつならやりかねない！」

屋敷専務の声が大きすぎて、受話器につけた耳が痛い。

五郎丸店長も投稿者の候補になるんじゃないか、たしかにそんな話を丹羽さんとしていた。だけどやりかねないとは穏やかじゃない。屋敷専務、恨まれている自覚があるんだろうか。

「五郎丸さんが総務のことを把握できるとは、どういうことですか？」

「昔あいつの部下だった人間が、今も経理にいるんですよ。総務の隣だから見ていればようすはわかる。告げ口をしたかもしれない」

「五郎丸さんが、ネットにどうこうなんてことをなさるとは思えませんが」

「さっき、朝倉先生にも言ったじゃないですか。外圧で会社を変えようとしたんじゃないかって。同じ理由でやりかねない。五郎丸は部下の残業時間を細かくつけさせていた。おかげで経理の残業代が……いや、なんでもない。忘れてください」

五郎丸店長はサービス残業を許さなかった。それで屋敷専務たちに疎《うと》まれていた。といったところだろうか。

「わたしがお話を伺いましょうか」

せっかくだから話を聞いてみようと思った。

7

つい五郎丸店長と呼んでしまうけれど、今は資材課で係長の職位にあるという。社内で会うと余計な勘繰《かんぐ》りを受けるかもしれないと屋敷専務が言うので、カフェで会うことにした。屋敷コーポレーションのミールソファミではなく、レトロな雰囲気の喫茶店だ。ゴブラン織りのような花模様の布製の椅子に座って、五郎丸係長と向かいあう。ふたり同時に、時計を見た。

屋敷専務、またもや来ていない。

遅れると連絡はあったけれど、いったいなにをしているんだろう。会社に、なにか秘密のトラブルでも発生しているんだろうか。

「時間の無駄だから先に話をしよう。はっきり言う。ネットで告発だなどと、なにをバカなことを言っているんだ。なぜ私がそんな面倒なことをしなくてはいけない」

きっちりとしたスーツとネクタイ姿の五郎丸係長が、呆れたようすを見せながら、淡々と言った。一年半前と変わっていない。見かけも、たたずまいも。

「誰がやったのか突きとめたいと、屋敷専務の頭はそのことでいっぱいです。五郎丸係長を疑っていらっしゃる理由は、今の総務の状況を知れる可能性があり、一年半前のことにも関わっているからです」

「実にくだらないな。ただ、総務の状況はたしかに聞いた。隣で見ていて大変そうだとな。今すぐやるべきは総務に誰か人をまわすことと、寺中の処遇だ。きみはそんなこともわからずに仕事をしているのか？　振り回されていてどうする」

ああ、この失礼な煽《あお》り方も同じだ。

「再三、お伝えしています。ただこの問題が片づかないと、屋敷専務は聞く耳を持ってくださらないのです」

ふん、と五郎丸係長は小さく息をつく。

「誰がやったのかわからないなら、なぜやったのかを考えればいい」

「告発、外圧で会社を変えるため、ただ文句を言いたかった、復讐、いくつか考えてみたんですがわからなくて」

「最初に書きこみがされたのは、就活関係のトピックスだそうだな。会社名をタイトルに載せたトピックスは、その会社に興味がある人しか読まないが、就活関係なら多くの人が目にする。より多くの相手に、しかも若者や保護者に向けて訴えたかったわけだ」

二十歳過ぎの人間の保護者というのも変な話だが、と五郎丸係長はつけ加える。

「ここは入ってはいけない会社だと知らしめたいんでしょうか。だとすると、告発に復讐が混じっているとか」

「就活関係のトピックスだが、他にはなにが載っていた？」

「エントリーシートのことや会社の噂などかと。実は、屋敷コーポレーションのところしか目を通していなくて」

わたしがそう言うと、五郎丸係長がにやりと笑った。

「私はためしに読んでみたよ。就活関係のトピックスは毎年立つが、毛色の違った投稿もある。一度見てみるといい」

じゃあ、と五郎丸係長が立ちあがり、コートを手に取った。

のだと。

「屋敷専務を待たなくていいんですか？」

「用件は済んだだろう？　専務も忙しいんじゃないか」

もう一度屋敷専務に連絡してみると、今出たところだと返事があった。怪しいなと、五郎丸係長が薄笑いを浮かべる。丹羽さんに以前教えてもらったけれど、こういうの、蕎麦屋《そばや》の出前というそうだ。今配達に出ましたとごまかすけれど、まだ店を出ていないのだと。


五郎丸係長は関与を否定していること、時間がないのでこれ以上はお待ちできないと言っていることを伝えると、仕方がないと言いながらもほっとしたような声が戻ってきた。自分で言いだしたくせに、屋敷専務はどこかおかしい。


帰りの電車の中で、スマホから匿名掲示板の就活関係のトピックスを確認した。二ヵ月ほど前のものから順に読んでいく。エントリーシートの内容、なにを面接で話せば有利か、就活セミナーのこと、会社の噂や悪口、学閥、業界の将来性など、多岐にわたっている。もちろん信用できる情報なのか嘘の情報なのかはわからない。

会話を断ち切るように、とある飲食店の不適切動画の事件を紹介した文章が差しこまれていた。日付は一ヵ月ほど前。こんなバカな人がいたと煽りたてるものではなく、自分は巻きこまれただけなのに会社が一方的に損害賠償を要求してきた、あの会社は信用ならないという告発だ。パターン的な応対なのか、こちらにも、カテゴリーが違うから別のトピックスを立てるよう注意するコメントがつき、投稿はもとの就活の話題に戻っている。

屋敷コーポレーションのことを晒す書きこみと似ていた。こういうのはよくあるんだろうか。五郎丸係長が言ったように、あえてそのカテゴリーに書きこんで、就活を考えている人に向けて訴えたいのかもしれない。

移動先のトピックスへのリンクが張られていたので、そちらに飛んでみた。投稿者は我が身の不遇を訴えていたが、同情よりも非難のコメントのほうがはるかに多く、読んでいると精神を病みそうだ。この人ももう止めたほうがいいのにと思いながら読んでいくと、こんなコメントがあった。

――ムッター会にご連絡ください。解決のお手伝いをいたします。

ムッター会？

解決の手伝いって、どんな手伝いだろう。ネットに流れた不適切動画を削除してくれるんだろうか。それとも、不適切動画をネットにあげたことで請求された損害賠償に関して、会社とのやりとりを代行してくれるとか？　つまりは弁護士事務所かなにかの宣伝？

その後まもなく、投稿者は追加の書きこみをしなくなった。非難のコメントはしばらく続いていたが、相手にされないと悟ったのか、その先は途絶えている。

ふと気になって、【飲食】屋敷【菊と介】のトピックスを再び覗《のぞ》いてみた。最後にチェックしたのは昨日の夜だ。

「ムッター会にご連絡ください。解決のお手伝いをいたします」と、さっきのトピックスと同じコメントがＵＲＬとともに、新たに投稿されていた。

「調べたいってどういうこと？　この団体が、なにかに関係していると思うのかな」

事務所に戻って所長に報告すると、そう訊ねられた。

ムッター会のサイトを確認したところ、ＮＰＯ法人と案内があった。ＮＰＯとはNonprofit Organization の略語、直訳すると「非営利組織」だ。ムッター会は労働環境を良くするための支援団体です、と説明がある。代表者もほかに名前を連ねるのも女性名だ。連絡先に住所は書かれておらず、メールアドレスと電話番号が載っていた。携帯電話らしき数字の並びだ。

活動記録のなかに、さっきのトピックスに書かれた不適切動画の飲食店名を見つけた。当会の支援により会社側と和解交渉中、とある。ほかにも、不適切動画や写真、職場への有名人の来訪をSNSに晒したもの、過重労働による離職への支援が紹介されている。

「もしも投稿者がこの団体に連絡を取ったら、そこから投稿者がわかるんじゃないかなと思ったんです」

「団体からは依頼人になるわけだよね？　そう簡単に喋ってはくれないんじゃないかな」

所長がサイトを表示させたパソコンを見ながら言う。

「しかしお金にならなそうな活動だね。企業側から労働者側にお金が支払われるケースならともかく、逆のものが多い。もちろん非営利の団体にお金になるもならないもないけれど、すぐに活動資金がなくなりそうだ」

「NPO法人の活動資金は、国や地方公共団体からの補助金や金融機関の融資ですよね。残りは寄付で賄《まかな》うんでしょうか」

「成功報酬、つまり解決金の何割かを依頼者に求めることができる案件なら、多少は入るかもしれないけどね」

連絡を取ってみていいでしょうかという質問に、所長はうなずいた。

「ただ、あまり期待しないほうがいいと思うよ。丹羽さんに聞いたけど、以前写真を投稿したアルバイトへの連絡は取れたの？」

「いえ、まだなんです」

徹太くんは、わたしの連絡先を問題のアルバイトに伝えてくれたというが、相手からのアクションはない。関わりたくないのかもしれない。

……ん？　徹太くん？

なにかが頭の隅に引っかかった。なんだろう。

ふう、と所長が納得したような考えているようなため息をついた。

「ネットか。なんだか不思議な時代になったねえ。不適切な写真が炎上したり、かと思えばこうやって企業の不手際をあげつらったり。たまについていけない気分になるよ」

「そんなこと言わないでくださいよ、所長。うちだってメルマガ出したり、事務所のサイトに問い合わせフォームを置いたりしてるんですから」

「気分になる、というだけだよ。まだまだだいじょうぶ。ただね、思ったんだよ。みんな仕事環境への悩みがあって、どこかで発散したり、すがりたがったりしてるんだよね。けどその先がネットっていうのもどうなのかなって。他のクライアントも含め、ヒアリングの強化を考えないといけないなあ」

「ヒアリングの強化ですか」

「そう。投稿者がなにを狙って匿名掲示板に投稿したかはわからないけれど、屋敷専務がうちに相談する前から芽になるものはあったわけだよね。そんな悩みや不満、問題をすくいあげるのが遅かったから、今回のことが起こったとも言える」

「……はい。誰が投稿者だったとしても、その人に対しても会社に対しても、力になってあげられなかったんですよね」

相談しやすい環境を整えること、ですね、と続けようとしたそのとき、わたしのスマホが震えた。

相手先の表示は、非通知設定。

一年半前、刺身の盛り合わせの上にトカゲをかたどった銀色のピアスを載せて、SNSに投稿したアルバイトだった。幡谷《はたや》くんという。

8

「ちょっとまじ勘弁してくんない？　もう巻きこまないでくれ」

思いの外《ほか》甲高い声が、受話口から聞こえた。その向こうで、遠く談笑とチャイムの音がする。学校？

幡谷くんは現在二十一歳、たしか大学三年生のはずだ。

「すみません、お伺いしたいことがあって遠田くんに連絡を取ってもらいました。やまだ社労士事務所の朝倉雛子と申します。ですが、もう巻きこまないでくれって、どういうことでしょう。お話しするのははじめてだと思いますよ」

え？　といぶかる声がする。

「皿屋敷の件だよね、用って」

「ええ」

「一年半も前だし、もう俺、皿屋敷との接点ないし。……いやその、申し訳ないことをしました、ご迷惑をおかけしましたっ。でも今そういうの、ほんと困るんで」

困るってなにが？　と訊ねようとしたところで気がついた。大学三年生。彼はまさに就活真っただ中だ。

「蒸し返されると就活に影響が出る、そうおっしゃりたいんですね？」

聞こえるか聞こえないかのような声が戻った。

「……そう、だけど」

「どうやらわたしより先に、SNSへあげた一年半前の写真の件で連絡をされた方がいるようですね。詳しく教えてもらえませんか？」

「詳しくもなにも」

「幡谷さん、あなたが話すことを、なにかに利用するつもりはありませんから安心してください。あなた、匿名掲示板の就活関係のトピックスを見たことがありますか」

「あ、えっと、まあ」

おどおどとした話し方が、さらに際立つ。

「あちらに屋敷コーポレーションのことが書きこまれています。別のトピックスに移動したあとで、幡谷さんが一年半前にやったことも紹介されています。あれはあなたが書いたんですか？」

俺が？　と幡谷くんの声が急に大きくなった。

「まさか。冗談じゃない。迷惑なんだよ。ってか迷惑だって伝えるために電話をかけたんだ。……けど、あんときの連絡、あんたじゃないんだよな？」

「違いますよ。なによりお話しするのははじめてだと――」

「だったらいい。じゃ」

「待って切らないで！」

わたしも大声になった。所長が心配そうに見てくる。

「なにがあったか話してください。ううん、幡谷さん、あなたにはその義務がありますよ。ピアスを刺身の皿に載せて写真を撮り、ネットにあげたのはふざけただけ。なぜならお店や仕事が気にいらなかったから。あなたはそう思ってるんでしょ？　過去のことだからもう暴かないでくれとも。だけど、あなたは他人に迷惑をかけたんですよ。その責任は最後まで負わないと」

ううう、と電話の向こうで幡谷くんがうなる。しばしの沈黙ののち、観念したように話しだした。

屋敷コーポレーションを解雇された件についてと、関係者を名乗るものから突然の電話が来た。今から一ヵ月弱ほど前だ。三十日分の解雇予告手当をお渡ししたいと思っているのだけど、と相手は言い、お金がもらえるのか、と一瞬気持ちが動いた。けれど写真の話をしているうちに、かったるいからバイトを辞めるつもりだったとタンカを切ったことや、損害賠償を請求されて親を巻きこむことになり、つてを辿《たど》って依頼した弁護士が間に入ることで賠償金が相当減額され、解雇予告手当もまだ支払われていなかった分の給与も、すでにそこで相殺《そうさい》されていたことを思いだした。

幡谷くんは不思議に思い、もう決着していますよね、と電話口で確認した。だけどあなたばかりが悪者にされている、今からでもなんとかなる、などと不確かな話を重ねる相手に不信感が高まった。

気になるとどんどん気になるもので、写真の内容をいまさら細かく訊ねられたことにも引っかかった。思えば身元もきちんと名乗られていない。これはまずいと感じ、電話を切った。その後、匿名掲示板で過去のことが取りざたされていることに気づいて不安になったが、もう関わりはない、と目を塞《ふさ》いだ。なにをどうすればいいかわからないし、下手に触れて火の粉《こ》が飛んでくるのも怖い。巻きこまれたくないと思った。

そこにわたしから連絡がきたわけだ。

「写真の内容を、相手に伝えたんですか？」

「あれは賄いだし、自分で喰うものだし、って反射的に答えちゃったけど、それだけ。……まんま掲示板に書かれてさ。ゾッとした」

「相手は、自分の名前を言わないままだったんですか？」

幡谷くんが悔しそうな声で、「それが」と答えた。

「サトウだったかスズキだったか、よくある名前を早口でさらっと言われた。だけどほら、会社の人だったら、もっとちゃんと、なになに部の誰ですとか言うじゃないか。俺はごまかされたのかもしれないって思った。オレオレ詐欺《さぎ》にひっかかるじいさんとか、笑えないよ。思いこまされたらわからなくなる」

「電話は一度きりですか？　そのあとは接触してきてません？」

「だからあんたが。……いや、よく考えればあんたは直接じゃなくて遠田を通してるんだから、俺の電話番号は知らなかったわけだよな。でもあんた、ヒナコって、女の名前だし」

「え？　それは、電話をかけてきたのは女性ということですか」

「うん」

「声に特徴はありましたか？　高いとか低いとか」

「特には」

「幡谷さんは、皿屋敷との接点はもうないとのことですが、総番長、ミールソファミなど他の店、屋敷コーポレーションそのものに勤めている人も、どなたも知りませんか？」

「知らない」

「解雇予告手当や写真のほかには、なにか言ってました？」

「えーっと。俺があんなことをしようと思ったのは、職場に不満があったからだろう、とか。たいした時給でもないのにいろいろ求められて、責任だけ持たされて、そういう企業体質そのものがおかしいとかなんとか」

「企業体質がおかしい、ですか」

「そのとおりじゃん、って納得する部分があって、乗せられそうになった。だって俺、クビになった直後に店の友だちから聞いたんだぜ。店の連中全員が、バイト料下げられたって。でもそれって変じゃない？　他の連中、関係なくない？」

「はい。それは」

徹太くんも巻き添えになって……。ああ、それだ。

頭の隅に引っかかっていたのは、その件だ。他のアルバイトまで連帯責任で時給が減らされたと、匿名掲示板で暴露したこと。

アカウントの削除後に起こったことだから、幡谷くんのSNSから情報を得ることはできない。関係のない従業員にまでペナルティを科すなんて、本来やってはいけないことだから、社内でもおおっぴらにはしない。知ることのできる人は限られているのだ。決定した上の人間と、アルバイトの給与計算に関わる総務課の人間、そして該当店の当事者。

その人たちの中で、電話をかけてきたのは女性だという。

念のため、幡谷くんとの電話の際に知ったわけじゃないことを、確かめなくては。

「他のアルバイトの時給が下げられたという話を、相手に教えていますか？　それとも相手が話題にしてましたか？」

「そこまで詳しい話、してない。俺、賄いだって答えた以外、余計なことは言ってないよ。乗せられそうになったけど、乗せられてないんだって。なあ、俺はなにも関係ないよな？」

不安げな声が続いた。

幡谷くんは、事件を利用されたのだ。屋敷コーポレーションを非難するための、他人の目を惹《ひ》く材料として。

「なあ、俺どうすればいいと思う？」

すっかり気弱になった幡谷くんが訊ねてくる。

「屋敷コーポレーションとは和解が成立してるんですよね？　だったらもうなにもしない、距離を置く、誘惑には乗らない、そのくらいでしょう」

「じゃあ今の俺の判断、間違ってないってことだよね。なのになんでこう、クソ面倒な。ったく巻きこむなよ」

舌打ちの音が聞こえた。いやいや、元凶を作ったのはきみでしょう。

「やったこと、反省してるの？」

「……も、もちろんじゃないか」

「いくら反省していても、世間や他人の考えをコントロールするのは無理ですよ。これからの行動で示すしかないんじゃないかな」

なんでこの子にこんな話してるんだ？　とは思ったけれど、用は済んだとばかりに電話を切ることはできなかった。わかってるよ、とふてくされた声が戻る。

「あ、もうひとつ聞かせてください。ムッター会というのは知らない？　その話は出なかった？」

「全然。じゃ、俺もう時間ないから」

向こうが電話を切った。

9

ムッター会に面会を求めるメールを送ると、丸一日経ってから返事が来た。そちらの都合がいいところにお伺いしますと返事をすると、チェーンのファミリーレストランを指定された。

平日の午後だ。店についてざっと見回してみると、女性グループに親子連れ、ノートパソコンを前にした男性ひとり客に同じような女性ひとり客、書類を前にした打ち合わせらしき人たちがいる。このなかの誰かだろうか。相手の顔がわからないので、待ち合わせだと店の人に断って出入り口で待つ。こちらの風貌《ふうぼう》は伝えているし、事務所の封筒も手に持っている。向こうが見つけてくれるだろう。

「朝倉雛子さんって、あなたですか？」

ほどなく、品のいい六十代ほどの女性に声をかけられた。はい、と答えると六人掛けの席へといざなわれる。

四、五十代ほどの女性がふたり、座っていた。

三対一？　と少し驚く。

おひとりでいらっしゃいますか、とあらかじめ訊ねられていたのだ。向こうだってひとりかふたりだと思うじゃないか。もしかして警戒されたのだろうか。

勧められるままに向かい側に立つ。名刺を取りだすと、三人もあたふたしたようすで鞄《かばん》を探りはじめた。誰がリーダー格なんだろう。

「井頭由紀子《いがしらゆきこ》です。よろしくお願いします」

そう言ったのは、声をかけてきた年かさの女性だ。ムッター会のサイトに代表者として掲げられていた名前だった。左側に立つ女性が竹内聖子《たけうちせいこ》ですと、右側に立つ女性が木村《きむら》みのりですと、それぞれ名刺を出してくる。

パステルカラーのドットが散るかわいい名刺だった。三人は緊張した面持ちで、座るやいなや机に置かれたメニューを渡してくる。なかを見ず、答えた。

「あ、コーヒーを」

「それだけでいいの？　ケーキはいかが？」

「このお店、今いちごフェアやっているのよ。パフェがなかなか美味しくて」

左の竹内さんと右の木村さんが争うように言った。井頭さんがこほんと空咳をする。

「お仕事でいらしてるから、朝倉さん」

「そうね、そうだった」

「ついどうしていいかわからなくて」

木村さんがそう言ったか言わないかのタイミングで店員がやってきた。すかさず続ける。

「いちごパフェ、よっつ」

え？　とわたしを含めて三人の声が重なった。あらやだ、と木村さんが赤くなる。

「ごめんなさい。朝倉さん、なんだったかしら」

「……いちごパフェで。はい。おすすめをいただきます」

なんだか調子が狂う。

「改めまして井頭由紀子です。ムッターじゃなくてグロースムッターねって言われそうだけど、一番年上だから代表をやっているだけなのよ」

ムッターとはドイツ語で母親のことだ。グロースムッターは祖母ということだろうか。

「この段階で相手の会社の方から連絡がくると思わなかったから、ちょっと怖くてついてきてもらっちゃったわ」

井頭さんが左右のふたりに目線をやる。竹内さんと木村さんは口元こそほころばせているが、探るような上目遣《づか》いだ。

「この段階……、いつもはどうなさっているんですか？」

うーん、と三人が互いに顔を見合わせている。

「そんなに数がまだ、ねえ」

「最終的には弁護士さんにも入っていただくし」

「お互いの要求がはっきりしてない段階だと具体的な話にも入れないから、いつもはと言われてもなんともねえ」

竹内さん、木村さん、と発言し、最後に井頭さんが締めた。年上だからだけでなく、やはり彼女がリーダー格のようだ。

「労働環境を良くするための活動をなさっている、そうサイトに書かれていましたね。わたしは屋敷コーポレーションから匿名掲示板の書きこみのことで相談をされています。つまりその投稿者を見つけたいということなんですが。みなさんはその書きこみに対して、ムッター会に連絡してくださいとコメントをなさいましたよね。具体的にはなにをなさろうとしていたんですか？」

井頭さんを見ながら質問する。

「バイトテロをした子がいるんですよね？　きっと、莫大《ばくだい》な賠償金を請求なさるんでしょう？　少しでも減らしてもらえるよう、仲介となる弁護士の方を紹介したいと考えています」

「それになによりも、心の支えになってあげられると思うの」

「本当に。自分だけじゃないと思うとどれだけ救われるか」

木村さんと竹内さんが深くうなずきあう。

「支えとはどういうことですか？」

「ご本人もだけど、特に親御さんの、ですね。あの書きこみではいまひとつわからなかったけれど、SNSに不適切な写真を投稿した、ということよね？　この先、損害賠償も大変だけど、親の教育が悪いとか顔を見てみたいとかさんざん言われて、どれだけ傷つくことか」

　最初に答えたのは今回も井頭さんだ。

「たしかに責任は感じてるわ。ええ、みんなそうよ。だけど謝っている人間をこれでもかって棒で叩いて、あんまりだと思わない？」

「ましてやおたくの会社、休憩時間も与えないし、お給料も安いんでしょ？　……あ、ねえ思ったんだけど井頭さん、そこを交渉材料とすべきじゃない？」

　木村さんの提案に、そうよそうよと竹内さんがこぶしを作る。

「あの、ちょっと待ってください」

　わたしは片手を上げた。三人が睨んでくる。

「屋敷コーポレーションで起きたバイトテロは一年半前のことで、すでに金銭面では解決済みなんです」

　え？　と今度声を重ねたのは、わたし以外の三人だ。目を丸くしている。

「親御さんのお気持ちはわかりませんが、該当のバイトの子は、再度注目を集めることになってはと心配しています。ちなみに休憩時間が短縮されていた件も解決済みです」

「有休が取れないとか、休みを返上とも書かれていたけれど」

　井頭さんが訊ねてくる。

「それは、……別ですが」

「どうして今ごろになって匿名掲示板に載ってるの？」

木村さんが怒ったような顔で訊ねてくる。……それ、わたしも知りたいんですが。

なんなのよいったい、と竹内さんが呆れたところでいちごパフェがやってきた。

腹の探りあいが終わり、パフェをつつきながら井頭さんたちの事情を聞いた。

どんな事件に関わったかは伏せられたが、それぞれの子供が勤務先やバイト先で不適切動画をSNSに投稿したり、来店した有名人の悪口を吹聴したりといった問題を起こしたそうだ。

ムッター会は、ひとことで言えば加害者家族の会なのだと、木村さんが言う。これは自嘲を含んだ表現なので、加害者という言葉は強すぎるような気もするけど、と竹内さんが続ける。だけど会社にも社会にも迷惑をかけたのよね、と井頭さんが締めた。そして訴えてくる。

迷惑をかけた以上は、なんらかの責任を負わされるのは当然だと思ってるわ。けれど本人はおろか家族まで晒し者にされて、ただ耐えろというのは辛すぎるじゃない。怖くなって外に出られなくなった子供もいるのよ。表から見える事情のほかに、なにかがあるかもしれないのに――と。

SNSでそう声を上げたところ、批判も集まったがつながりも生まれた。自分たちの活動を大々的に宣伝することはできないけれど、バイトテロを「やらかしてしまった」人に手を差し伸べることはできるんじゃないか。子供の将来を心配する保護者にも寄り添いたい。だから匿名掲示板やSNSなどを覗いて誘導しているという。仲介に立ってくれそうな弁護士も、ぽつぽつ見つけているそうだ。

「こんなこと言ったら怒られそうだけど、たかが二十歳ほどの子供にあれこれ求めすぎでしょ？　時給だって安いのに。親の顔が見たいとか、親の教育がなってないって言われたけど、上司の教育はどうなの？　管理責任もあると思うのよね」

竹内さんがパフェのいちごをほおばりながら愚痴る。

「あなた、朝倉さん。会社の社長とか会長なんかの偉い人とも話ができるんでしょ？　ちょっと言ってやってちょうだい」

と木村さん。下手な発言はできないので、笑顔を返すにとどめておく。

「屋敷コーポレーションさんのバイトテロの件は、本当に解決済みなのね？」

「検索して確かめてください。投稿した写真はすぐに火消しをしたので残っていないかもしれませんが、お詫びの半額キャンペーンをやっています」

井頭さんの質問にそう答えると、残っていないのは幸せよねと、三人がうなずいた。

「それで、もしも匿名掲示板のあの投稿者の方からみなさんに連絡があったら――」

いいえ、と井頭さんが手をかざしてわたしの依頼を止めてきた。

「申し訳ないけれど、この先は関わりたくないわ。そちらの会社でなにかトラブルが起きているのでしょうけど、私たちは私たちの活動だけで手いっぱいなの。悪く思わないで」

あら、と木村さんがスマホをチェックして声を上げた。

「その心配はなさそうよ」

液晶画面を見せてくる。

——おかまいなく。あなたたちとは関係ないので放っておいてください（トピ主）

【飲食】屋敷【菊と介】のトピックスで、トピ主はムッター会をあっさりと切り捨てていた。わたしたちがこのファミリーレストランで名刺を交わしていたころの時間だ。

ふりだしに戻る、という言葉が頭に浮かんだ。

10

いや、ふりだしではない。わかったことはたくさんある。

匿名掲示板に投稿したのは、他のアルバイトの時給も減らされたことを知りえる人間だ。

一周回ってしまったけれど、総務の誰か、という可能性が高い。なにより総務の人間なら、幡谷くんの連絡先を調べられる。幡谷くんと同じ店で働いていた人もそれらの条件に当てはまるけれど、その人たちは、彼がＳＮＳに上げた写真の内容をいまさら訊ねる必要はない。

わたしは屋敷コーポレーションに出向いた。約束はしていたが、屋敷専務は忙しいらしく、しばらく受付で待たされた。やっと声がかかって専務室に通されて、びっくりした。

「だいじょうぶですか、屋敷専務。お怪我《けが》をなさったんですか」

左目の下に痣《あざ》ができていた。いわゆる青タンだ。

「問題ない。ちょっと転んだだけなんだ」

「お疲れのごようすですね。お時間をいただいてすみません」

右目のほうには隈が浮いているし、頬もげっそりとして肌に艶がなく、表情が沈んでいた。

「いや。それで犯人はわかったんですか？」

「……まだです。ただそちらはそちらとして、介護のための短時間勤務制度の整備は進めましょうという、お話をしにまいりました」

「またその話か。寺中には辞めてもらいたい、こちらはあくまでその方針ですよ」

「ただでさえ総務課に人がいない状況で、それは危険です。なにより、今は寺中さんだけかもしれませんが、高齢者が増えて生産年齢世代が減っているこの時代、介護の問題は他の従業員にも発生します。ベテラン社員が介護離職でいなくなると、会社の中核に穴が開くことになります。まさに総務課がその状況です」

「わかってますよ。それはまたおいおい考えますから。ともかく今回は今回だ！」

わたしたちは、机を挟んでソファに座っていた。屋敷専務が、両手を机について身を乗りだしてくる。

その左手の甲に、数本の引っかき傷があった。猫？　いや人の指と指ぐらいの間隔だ。なにがあったんだろう。もしかして目の痣も、殴られたとか？

わたしの視線に気づいて、屋敷専務は右手で左手の甲をすばやく隠した。

「なんでもない。……あ、電話が。すまないね」

電話が鳴ったのをいいことにポケットに手を入れた屋敷専務は、スマホの液晶画面を見て、ああっ、と大声を出した。すぐさま画面をタップして電話に出る。こちらからは見えなかったが、電話の相手は――

「兄貴。なにやってたんだ！　何度も連絡しただろ。……は？　今、成田《なりた》って。ふざけんなよ。仕事なんて切りあげられるだろ！」

相手は屋敷専務の兄、屋敷社長のようだ。海外出張だと聞いていたが、成田ということは今戻ってきたのか。それにしても屋敷専務のこの興奮状態は普通じゃない。ここ何日かおかしかったのも、仕事のトラブルだろうか。

……いや。仕事でなにかがあったのなら、屋敷社長も出張を切りあげて戻ってくる。それをしないということは。

屋敷専務はわたしとの約束を何度もすっぽかし、遅れもした。かなり疲れている。痣は転んでついたのかもしれないが、手の傷は、誰かにつけられたもの。そしてお兄さんに対して、この文句。

寺中さんの話をしたときに、わたしに言った品のない冗談を思いだす。

ああ、そういうことなのか。

屋敷専務は自分の声の大きさに気づいたのか、執務用のデスクの奥に行って後ろを向き、一転して小声になった。けれど肩に入った力で、こちらにまで憤慨《ふんがい》が伝わってくる。

しばらくすると、失礼、と電話を終えて戻ってきた。

「屋敷専務、お母さまの介護が大変なんじゃないですか？」

ぎょっとした表情で、屋敷専務がわたしを見てくる。口元が声をたてずに動く。

どうして、と聞こえるようだ。

「お兄さまの屋敷社長がいらっしゃらなくて、ご苦労をなさっているんですね」

睨んできたその視線はやがて落ち、さきほどより深いため息が漏《も》れた。

「まあ、な。いろいろ重なってしまって。……実は妻も入院中で、そちらもバタバタしててね。兄のところの義姉があいてるんだが、甥の受験が本番で、今は関わりたくないと」

何年も受験生をやっているのがいる、と不愉快そうに言っていたけれど、それは屋敷社長のほうの子供だったのか。

「専務の奥さまの入院は、長引きそうなんですか？」

「いや。過労に加えてインフルエンザを発症しただけですよ。だけといっても疲れもあってまあま重篤で、家にいると動くし、母や子供たちに伝染《うつ》してはいけないから入院してもらった。今日、戻ってくる予定だ。やれやれだ。本当に大変だった」

それ、メインで介護を担当していたのは妻のほうだったってことでは。

屋敷専務が事情を言わなかったわけがわかった。自分も介護に関わっているようなことを話していたけれど、さほどやっていなかったに違いない。急に大変になったと言うと、それがバレてしまうからだ。

なんて責めたてると、ヘソを曲げるだろう。ここは搦《から》め手でいこう。

「受験生がいるから、インフルエンザにかかっているかもしれないお母さまの介護はできないと、社長の奥さまはそうおっしゃったんですね」

「母も子供たちもインフルエンザにはかからずにすんだ。杞憂《きゆう》だったわけだ。兄は、父の介護では苦労をしたから次はうちにと言っていて、甥も三浪だから必死になる気持ちはわからなくもない。妻が倒れなければなんとでもなったんだが、今回はちょっと」

「屋敷専務、ご存じだと思いますが、介護関係はなにがあるかわかりません」

「わかってるっ。朝倉先生のような若い人に言われなくても、よくわかってますよ」

「はい。予想を超えて大変だったことと存じます。屋敷専務もお身体を大切にしてください。次は専務が倒れてしまいます」

わたしは屋敷専務を見つめた。専務はバツが悪そうに笑う。

「この痣は、本当に転んだんだ。床に落ちていたものに足を取られてね。引っかき傷は、まあ、母に強くつかまれたせいだが」

屋敷専務が、天井を見上げてやれやれと言う。

「朝倉先生、あんたが次に言いたいことだってわかってますよ。だからこそ介護をしている従業員の負担を減らす施策を、でしょう。だけどそれ以外の従業員はどう思うかね。不公平を感じないと思いますか？　介護に直面している従業員のなかにも、金を使って預け先を確保したヤツがいるはずだ。家族に頭を下げてるヤツも。そうやって自分でなんとか乗り切ってるものは、優遇される人間をどう思うかってことですよ」

それは、と言葉が詰まってしまう。

「自分も利用するかもしれないという、お互いさまです」

「またきれいごとですか。たしか、総務の嘉山は育休を取って戻ってきた。だがその間、白井の負担は増えていた。白井がうちの会社にいて子供を産むならお互いさまだろうが、白井は辞める。白井のように途中で辞めるものはたくさんいる。言ったもの勝ちで、全然お互いさまじゃないんですよ」

再び言葉が詰まる。

だけど、全員の条件が同じじゃない以上、完全に平等な施策なんてない。どこかで線を引くために法律があるんだろう。なるべく多くの人をすくいあげる案はないだろうか。そうすれば説得できるかもしれないんだけど。

「時短の件はもう少し待ってくれないか。それより先に書きこみの犯人だ。会社の評判に直接関わるから早急に突き止めなくてはならん。一年半前に辞めさせたアルバイトの恨みだろうか」

「その方とは連絡がつきました。実は、屋敷コーポレーションの関係者を名乗る人間から電話を受けたそうです。怪しんで途中で切ったとのことですが」

「関係者を名乗る人間？　そいつの狙いはなんなんだ？」

「多分、彼から詳しい話を訊きだして、ネットでひとめを惹く材料にしたかったのではと」

解雇予告手当の話を持ちだして、お金が手に入ると彼を騙《だま》して、と続けようとして、「あ！」と声が出そうになった。

なぜ彼にそんな話を持ちだしたのか――そこに気づくべきだった。

知らなかったんだ、その人は。

和解の条件ばかりか和解しているかどうかさえ、知らないままに電話をかけてしまった。それを知りえない人は、総務課のなかでひとりだけ……

だけど、なぜ彼女が？

どうして今さら、決着がついていた一年半前の事件を世に知らしめようとしたんだろう。ひとめを惹く、ただそれだけ？

狙いはなに？

再び電話の音がした。屋敷専務がポケットに手をやり、たしかめる。

「屋敷社長ですか？　どうぞお出になってください」

「……いや、家のほうだ。いい。話の続きを聞かせてほしい」

「いいえ、どうぞ出てください。なにかあったかもしれないじゃないですか」

「妻だよ。どうせ退院の連絡だろう」

出てください、と再び促した。屋敷専務がスマホを耳に当て、背中を向ける。つい、声が耳に入ってしまう。

「母はだいじょうぶだ。……ああ、子供たちもだいじょうぶ。うん、わかってる……。ああ……母は……」

母。ドイツ語でムッター。ムッター会の人たちは、子供たちが不適切動画を投稿するという問題を起こして叩かれ、心を痛め、救う会を立ちあげた。

——迷惑をかけた以上は、なんらかの責任を負わされるのは当然だと思ってるわ。けれど本人はおろか家族まで晒し者にされて、ただ耐えろというのは辛すぎるじゃない。怖くなって外に出られなくなった子供もいるのよ。表から見える事情のほかに、なにかがあるかもしれないのに。

立ちあげの理由を、そう説明された。二十歳ほどの子供にあれこれ求めすぎだとか、上司の教育や管理責任に対する不満も聞いた。そちらが本音かもしれない。でもだからこそ、同じ立場になった人たちに手を差し伸べたいと考えた。仲間を見つけて寄り添いたいと思った。

けれど同じ立場の相手を、仲間だと思わない人はいる。あなたたちと一緒にしないでと、距離をおきたい人間も。

「待たせてすまない。ん？　なにか調べてるのか？」

電話を終えた屋敷専務が、スマホをいじるわたしを不審そうに見る。検索をしていたわたしは、探しながら話をする。

「一年半前のSNSの件のように、いろいろなところでアルバイトの方が変な動画や写真をネットにあげて炎上していますよね。いわゆるバイトテロです。お店は閉店に追いこまれ、やった人も身元を特定されたり損害賠償をしたりと、どちらもさんざんなことになります。どんな羽目に陥《おちい》るかなんてわかりそうなものなのに、何度も似たようなことが起こります。なぜなんでしょうね」

「バカだからじゃないか。でなきゃ法律が甘すぎるんだ。一千万円、いや一億円は賠償しなきゃならないってことになれば、バカも減る」

もしもし屋敷専務、法律なんて守れるか的なことを言ってませんでしたっけ。話が逸《そ》れるから突っこみませんけど。

「最近、こんな話を聞きました。アルバイト側にいろいろと要求しすぎているのではないかと。安い時給には見合わないほど重い責任を求めている。ちゃんとした教育や指導、管理をしていない会社も悪いのではないかと」

「ほとんどの人間はまともに仕事をしている。バカにレベルを合わせてどうするんだ」

それはそうですけど、とうなずき、わたしは続ける。

「どちらの考えも、それぞれの立場から見るともっともだと思うんです。屋敷専務は経営者側ですから、一定レベル以上の従業員がほしいですよね。でも現場では人手が足りなくて、教育も不十分になり管理もしきれない。そしてアルバイト本人は、やっていいこととやってはいけないことの区別がついていない」

「区別もなにも、親の教育がなってないんだろ」

「そうですね。ただ親としては……、あ、お待たせしました」

わたしは屋敷専務にスマホを見せた。検索の結果、ある不適切動画の関係者として、ひとりの大学生の名前が載っていた。

11

「たしかにそれは息子の名前です。でもそれがどうしたんですか？　息子はたしかにいけないことに関わりましたが、私と息子は別の人間です」

呼びだした専務室で、沼田さんはそう言った。沼田鈴江《すずえ》さん。二ヵ月ほど前から勤務しているパートの従業員だ。勤務のきっかけは、カフェのミールソファミで働く友人の紹介だという。別の会社で総務や経理の経験があり、それが認められた。

「前の会社を辞めた理由も、息子のことも、面接で言わなかったと聞いたぞ」

屋敷専務は、憤慨を隠そうともしない。

沼田さんの息子の名前は省一《しょういち》くん。二十一歳の大学生。半年前に、勤務先のコンビニエンスストアで撮った動画がネットで炎上していた。店に置いてある女性用の商品に、キスをするというものだ。間接キッスだとはやしたてる声も入っている。パッケージに入った商品なので彼がキスをする相手は最終的にはゴミ箱だけど、正直、気分のよいものではない。動画を見た人間が発した阿鼻叫喚《あびきょうかん》のコメントも、魚拓に残っていた。

動画は自撮りではなく、誰かがスマホで撮ったもののようだ。省一くんは制服を着たままだったので、名前も店も特定された。ネットの情報によると、その店舗はなくなってしまっているという。

「前の会社を辞めた理由は、人間関係です」

「息子のことで責められたんだろ？」

屋敷専務は容赦《ようしゃ》ない。わたしはフォローを入れる。

「専務、そこを追及なさると話が進みませんよ」

「省一は罰ゲームでやらされただけです。悪いのは一緒にバイトに入っていた人です。不良ですよ。省一は気の弱い子だから逆らえなかっただけ。それはコンビニの人にも話をしてます。だけどいくら訴えてもわかってくれないし、名前がネットに出てしまったのは省一だけで、世間からもさんざん攻撃されて。……どうして省一だけがこんな目に遭《あ》うんです？　コンビニが不良を雇ってたせいじゃないですか。アルバイトだけに仕事を任せてたからじゃないですか」

沼田さんが徐々に声を大きくする。

「省一さんのご事情はわかりました。そのときも、ムッター会というNPOから、相談してくださいという誘導があったんですね」

匿名掲示板のなかに、彼の動画を晒すトピックスがあった。途中で誰かが、動画に映っている人間は罰ゲームでやらされたのだ、むしろ被害者だと訴えた。これはたぶん沼田さんによるものだろう。それに対してもさまざまな攻撃がされたが、ムッター会に連絡くださいというコメントもあった。

「どういうことだろうと連絡はしてみましたが、あの人たちとうちは違います。自殺未遂を起こしたお子さんもいたそうで、同情はしますけど、あの人たちは加害者。うちはあくまで被害者です。一緒にされたくはないんです。弁護士ぐらい自分で探せますよ。私は傷の舐《な》めあいなど興味ありません」

沼田さんが不愉快そうに唇を尖らせる。

——おかまいなく。あなたたちとは関係ないので放っておいてください（トピ主）

【飲食】屋敷【菊と介】のトピ主の返事だ。あなたたちとは関係ない、と頭から切り捨てたのは、写真を投稿した当事者ではなかったからだ。ムッター会がどんな活動をしているかも、すでに知っていた。

そして、二ヵ月前に屋敷コーポレーションに入った沼田さんは、幡谷くんの不適切写真の騒動は耳に入っていても、写真そのものは見られず、和解しているかどうかを知らない。

「省一は、名前を晒されたせいでまともに就活できないんです。ほんのわずかなことで子供の人生が変わってしまったんですよ。そこまで追い詰められる必要がありますか？」

「ほんのわずかだ？　ふざけるな。皿屋敷は、一年半前のことでかなりの損失が出た」

「人件費を切り詰めた結果でしょう？　従業員が店に対する愛着を持てないから、そうなったんじゃないですか。会社にこそ責任があるんですよ」

言い聞かせるように、沼田さんが語る。

「なにがわかる」

「わかりますよ。白井さんだって辞めますよね。会社に愛着があれば正社員の身分を捨てたりしません。会社がいいかげんな扱いしかしてこないから、残る価値はないと判断するんです」

「あんたには関係ない！」

屋敷専務が怒鳴る。

「関係があると言いたかったんですね、沼田さん」

そう言ったわたしを、沼田さんが見てくる。

「匿名掲示板の【飲食】屋敷【菊と介】のトピックスに書かれた内容は、大きく分けてふたつ、有給休暇や残業のことなど今の社内に対する不満と、一年半前の不適切写真の投稿にまつわるあれこれでした。わたしは最初、訴えたいのは今のことで、ひとめを惹くために一年半前の不適切写真の話を出したんだと思っていました。でも逆だったんですね」

「逆？」

と屋敷専務が口を挟んでくる。

「ええ。アルバイトだった幡谷くんが不適切写真を投稿したのは、職場に不満を持っていたからだ。企業体質が悪い、会社に責任があると、沼田さんはそのことを訴えたかったんです。省一さんと同じようなケースだと」

沼田さんの作ったトピックスに、通りすがりを名乗る人が他の不適切動画をあげたことがあった。放置してもいいのに、別件だからやめてくれと訴えたのは、万が一にでも省一くんの動画を引用されたくなかったためだ。

「不適切動画や写真で炎上すると、悪いのはやった人間で会社は被害者という扱いをされます。本当は会社こそが悪だ。その主張を世に知らしめたかったんですね」

「私利私欲で動いてるように言わないでちょうだい。両方よ。今起こってることも、一年半前の幡谷って子のことも、両方ともひどいの。全部つながってる。会社の考え方が間違っている。それこそが元凶でしょ！」

沼田さんが叫ぶ。そして続けた。

「ここに入ったのは友人の紹介、たまたまですよ。だけど驚くほど従業員にひどい扱いをする会社だった。お店、特に居酒屋チェーンのほうがひどくて、気になって過去のことやデータを調べたら、不適切写真のせいで同じ店にいたアルバイトのお給料を連帯責任で下げるだなんて、とんでもないことをしていた。こんなにひどいできごとに、省一ばかりか私まで遭遇《そうぐう》するなんて確率が高すぎるでしょ。社会のほうがおかしいとしか思えない。不適切な写真や動画に関わった人間ばかりが悪いわけじゃない。会社がその下地を作ったの。社会全体の問題なの」

「なにが社会だ。たかがパートのおばさんが、なにさまのつもりだ」

「屋敷専務、そのおっしゃり方は――」

「パートのおばさんも社会の一員！　ひとりひとりが声をあげなきゃ社会は変わらないの。そんなこともわかんない会社だからダメなのよ」

沼田さんが応戦する。

責められてしゅんとなると思っていたわたしは、まだまだ甘かった。沼田さんはここぞとばかりに持論を展開し、会社を攻撃している。悪いことをしたという認識がないのだから、当然といえば当然だけど。

「沼田さん。話を戻しますが、幡谷くんに連絡を取りましたか？」

わたしはなんとか口をはさんだ。

「え？　ええ。話を聞きたかったから」

「三十日分の解雇予告手当を渡したいと、嘘をつきましたよね」

「嘘じゃないでしょ。そのぐらい知ってます。私だって、ずっと総務関係の仕事をしてきたんだから」

沼田さんが気色ばむ。

「損害賠償と相殺されてすでに終わっている話ですよ。なにより、職務に関係なく従業員や元従業員の名簿を覗くのはプライバシーの侵害です」

「だ、だけど、必要だったんだから仕方ないじゃない」

「必要だからといって罪を犯していいわけじゃありません。社会に声をあげたいならなおさらです。匿名掲示板で訴えるというのも、省一さんがネットから受けたことと同じことをしているんじゃないですか？」

だったらどう闘えばいいって言うのよ、と沼田さんが悔しそうにつぶやく。

その答えはわたしにもわからない。

12

「で、沼田さんの損害賠償はどうなったの？」

翌日、事務所で今までのことを報告すると、素子さんに訊ねられた。丹羽さんも興味津々の顔で見てくる。

「わかりません。下手に訊くと巻きこまれそうだから関わりたくないです。そういう話は弁護士さんにお任せします」

「違う違う。対屋敷コーポレーションさんじゃなくて、対コンビニ。お子さんのほうよ。沼田さん曰く、お子さんは罰ゲームのせいで巻きこまれただけなんでしょう？」

「コンビニ側とはまだ交渉中のようです。コンビニとしては、誰かに賠償してもらえればそれでいいわけですよね。悪いのは同僚のバイトのほうだというのなら、直接そちらと話してくれ、折半《せっぱん》でもなんでもいいから、と」

「それもあって、雇っているほうが悪い、会社が悪い、という気持ちが強くなったのかもね」

素子さんが言う。

「はい。沼田さん、こう、自分の考えこそが正しい、ってなっちゃってて大変でした」

わたしが小さなため息をつくと、なるほどねえと、素子さんは被《かぶ》せるように大きなため息をついた。

「安い時給で責任ばかり重くされて、ひとつの失敗で将来が台無し、母親としてなんとかしてやりたい、か。それって、沼田さんもムッター会の人たちも、ほとんど同じ考え方よね。どうしてそう、攻撃的になっちゃったのかしらね」

「うちはあくまで被害者だから、ってことじゃないでしょうか」

「なんか、残念ねえ。彼女たちの考えもわからなくもないっていうか、なるほどと思うのよね。ほら、今って安く食べられるお店が多いじゃない。利益を出すために人件費を抑えているんだろうなあって、つい考えちゃうもの。従業員の不満も溜まるでしょうね」

「待遇がよければ変なことはしない、それはあるかもしれないね」

「友人の弟も、アルバイトなのに従業員教育をする立場にさせられてるし、わたしもこれでいいのかなって思います。でもやっちゃいけないことは、やっぱ、やっちゃいけないですよ」

丹羽さんとわたしが続けて言う。

「それはそれとして、目下の問題は総務課の崩壊ですよー。白井さんは引越しで辞めるし、沼田さんは頼まれてもいてやるかって感じで。残りは嘉山さんと寺中さん。あ、石橋課長と」

「寺中さんが勤務時間の短縮を希望している人よね」

素子さんが確認してくる。

「その話が最初だったはずなのに、すっかりあとまわしです。屋敷専務には解決策が欲しいと要求されてるけど、人を入れるのが一番の解決策ですって何度も何度も言ってるんですよ。一名プラス二時間減が、二名プラス二時間減と増えちゃって、もう大変です」

「打つ手なし?」

訊ねてきたのは丹羽さんだ。

「いいえ。仕込んでおきました」

午後になって、屋敷専務から念願の電話がかかってきた。

経理課から、五郎丸係長を経理に戻してくれ、そうすれば総務経験者の課員を総務に渡してもいい、と言ってきたそうだ。屋敷専務もことここに至って、さすがにうなずくしかないという。実は石橋課長にこっそり、そういう手もありますよと耳打ちをしておいたのだ。経理の人にそれがうまく伝わったのか、自主的な考えなのかはわからないけれど、結果が良ければどちらでもいい。それでもまだ人員が足りないのだ。

その分はパート従業員の募集をかけることにしたと、屋敷専務が放り投げるように告げた。

「屋敷専務、寺中さんの時短勤務の件ですが」

「それはあとにしてくれないかな。パートが入らないと時短もなにもないだろう。むしろ残業してほしいくらいだ」

「逃げ続けることはできませんよ」

「わかってるって。だけど他からの不満が出るんだよ」

「そのことですが、考えてみたんです。今、御社には半日の有給休暇、時間単位の有給休暇、どちらもありませんよね。介護を行う人の勤務時間短縮制度と合わせて、それらを導入してはどうでしょう」

は、と鼻で嗤う声が、受話口から聞こえた。

「なにを言っているんだね。これ以上、休みを増やすような真似《まね》をして。逆じゃないの」

「休みを増やすのではありません。休みを取りやすくするんです。どちらも付与している年次有給休暇の中から使うんです」

「同じじゃないか。なにが違うんだ？」

「他の従業員からの不満を減らすことができます。育児や介護を理由に優遇されている人がいる、という不満を。一日休まれては仕事が止まるケースでも、半日出勤すれば多少は進みます。場合によっては効率のよい仕事が望めます。また、誰だって通院や役所の用事、ときには家族のことで、一時間だけでも休みたいということがあるでしょう。屋敷専務も、奥さまの入院時にそういう経験をなさいませんでしたか？」

「……まあ。しかしだね」

「今年、二〇一九年の四月から、有給休暇の新ルールがはじまるのをご存じですか？年次有給休暇が十日以上発生した社員について、発生日から一年の間に最低五日間の有給休暇を取得させなければならない、というものです。取得させられなかったら会社に罰則がありますよ。労働基準法違反として三十万円以下の罰金です。会社は従業員の取得状況を把握して、休みが取れていないなら時季指定をして、休ませなくてはいけないんです」

聞いたような聞いてないような、と屋敷専務がつぶやく。ちょっとちょっと。この件は何度もお知らせしているし、先日も再確認をしていただくために、やまだ社労士事務所のメルマガに載せましたよ。読んでないんですか、と責めたくなったが、それはおいておこう。

「時間休のほうはできませんが、半休のほうは、その最低五日の取得分に数えることができるんですよ。四月のルール改正に向けて整備していきましょう」

「罰金と言われると弱いが……、しかし、介護の時短と有休の件を同時にというのはきつい。うん、きついよ。それは待ってほしい」

「いいえ。同時だからいいんです」

「どういうことだね」

「全員のことを考えていますよと、育児や介護に携わる従業員ばかりを優遇してはいませんよと、アピールができます」

ちょっとずるい手ですけどね、とわたしはつけたした。

「そうか、不満を和《やわ》らげる、か」

「はい。いかがですか」

うーん、と屋敷専務が考え込んでいる。

「兄と相談してみる。また連絡するよ」

「ルール整備のお手伝いをいたしますので、ぜひご連絡ください」

前向きなお返事をお待ちしていますと、電話を終えた。

ふと視線を感じてそちらを見ると、丹羽さんが身を乗りだしていた。

「どんな感じ？」

わたしはVサインを返した。

「今度こそ、行けそうな気がします」

おおー、と歓声をあげてくれたのは丹羽さんだけではなく、素子さんもだった。

「やったじゃない、雛子ちゃん」

「うまく手なずけたね」

手なずけたは失礼ですよ、丹羽さん。と思ったけれど、似たような気持ちだ。

「なるべく多くの人をすくいあげる案、提示できました」

「だけど仕事の量と人数のバランスが悪いままだと、結局休みは取れないし、仕事は遅れていくよ」

と丹羽さんからきつい言葉が飛んでくる。

「……わかってます。半分はその心配を持ってます」

「半分ってどういうこと？」

「半分成功、半分不安。うまくいくかどうかはまだわかりません。人が簡単に増えない分は、効率化を図って仕事量を減らさないと。それも念を押しておきます」

「半分も成功？　甘いなあ。まだ手をつけたばかりじゃん。一割だね」

丹羽さんったら、と素子さんが声をかける。

「じゅうぶん成功よ。今までずっとシャットアウトされていたんだから、聞きいれてくれただけでも大きな一歩。一気に変わることはできないし同じことをしているように見えるかもしれないけど、らせん階段を行くように少しずつでも上に進んでる。そう思うべき」

「ですよね。わずかでも良い方向に進むようになれば、いいですよね」

我が意を得たりと、わたしは食いついた。

「そうよ。人は褒《ほ》めて育てるものだから、それも忘れないで」

ですよね、ともう一度賛同しようとして、はたと気がついた。

「もしかして今わたしが褒められているの、だからですか？」

あはははは、と丹羽さんが声を立てて笑った。素子さんも含み笑いをしている。

「えー、なんか複雑です。わたしも入所して二年経ってるし、もうヒヨコじゃないですよ。成長してますよね」

ふたりがなおも大きな声で笑う。

「どうしたの？　外まで声が響いてきているよ」

所長が戻ってきた。ふたりの笑い声で、扉の開く音も聞こえなかったくらいだ。

「おかえりなさい、所長。今、おふたりにいじめられていたところです」

「その割に楽しそうだよ」

と所長は軽く応じ、手に持った紙袋を掲げた。

「これ、この間のお土産が美味しかったと伝えたら、またもらってしまってね。もうお気遣いなくとは言ったけど、せっかくだからといただいてしまった。桜餅だよ」

「同じお店のお菓子ですか？」

丹羽さんが問う。以前、炎上していたからだろう。

「そうだよ。なんだかいろいろあったみたいだね。だけど味に間違いがあるわけでなし、客足も戻ってきているようだよ」

「品質とお客に向きあっていれば、炎上を撥《は》ね返せるんですね」

素子さんが言うと、所長が、そうだねとうなずいた。

「近所の古くからのお客は特に、この店でなくては、ここが美味しいんだと褒めて、周囲にも勧めているそうだ。自分たちが店を支えてきたと思っているし、みなで守りたいんだね」

お茶を淹れますねと、丹羽さんが立ちあがった。そして続ける。

「褒めて育てる。見習っていきます」

所長がきょとんとしている。素子さんが笑いを堪《こら》えている。わたしはちょっとバツが悪い。

まあいいか。

わたしだってきっと、らせん階段を行くように少しずつ上に進んでいる。昨年度見えていたものよりも、今年度はより多くのものを見ている。ふりだしに戻ったようでも、経験値は増えているんだから。

もう少しで春が来る。

次の春はもっと上に行こう。もっと多くのものを見ていこう。そうすればまた別の風景が見えるはず。

社会人になって七度目の春は、すぐそこだ。

解説

内田俊明

お待ちかね、大好評シリーズ「社労士のヒナコ」、第二巻の文庫化であります。

このシリーズは後述する理由により、私の勤める書店「八重洲ブックセンター」で、とてもよく売れているのですが、当社の話はさておき、まずは縁あって初めて本書を手にされた方のために、このシリーズが読者に支持される面白さの秘密を、分析してご紹介したいと思います。なお、第一巻『ひよっこ社労士のヒナコ』をまだお読みでない方には、この第二巻からでも、充分面白く読めることを、先に申し上げておきます。

社労士（社会保険労務士）は、人事、労務、総務の専門家として、企業をサポートする職業です。弁護士、弁理士、行政書士などと同じく「士業」と呼ばれています。社会保険に関する公的書類を作成して行政に提出するほか、労使間におこる食い違い、トラブルを、法に基づいて解決に導く業務もあります。ここに物語の発生する要素があるのです。

会社勤めであれ、自営業であれ、社会人であれば、業務をスムースにこなしていく上で一番大事なのは「人間関係」であることに異論ある方は、あまりおられないと思います。人間関係においては、ひとたびトラブルがおこっても、法律や決まりごとだけで杓子定規に正否を判断、決定できることなど、まずありません。それぞれが仕事に対して、自分なりのノウハウや信念をもっているので、それを尊重しつつ、関係を壊さずに折り合いをつけることが、必要となってきます。

「法に基づいて解決に導く」社労士であっても、それだけでトラブルが解決できるわけもないのは同様で、まして対立しがちな労使間の話であるから、なおさらです。主人公の朝倉雛子は、新人のひよっこ社労士ではありますが、ひたむきにクライアントやスタッフと向きあい、意外な推理力も発揮したりして（日常系ミステリー小説でもあるのです）、よりよい解決法を見つけだしていきます。

私たちが社会人としていつも感じている、人間関係のストレスを象徴したようなストーリーが、昨今の制度改正などを背景に、社労士という立場から語られます。それだけでも充分興味深いのですが、ここに、さきほども触れたとおり、ベテランミステリー作家・水生大海さんによる謎解き要素も加わるので、独特の面白さが生み出されているのです。

このシリーズは連作短編集ですので、さらに詳しく、一編ずつ見ていきましょう。

「春の渦潮」

勤務が五年を超える非正社員は、当人が希望すれば無期雇用に転換できるという新制度を背景に、ベテランの非正社員と会社側の反目が描かれます。舞台となる職場が老人ホームということで、高齢化社会のアクチュアリティが感じられる物語となっています。先述したヒナコの推理力が見どころです。

「きみの正義は」

学習塾と工務店、まったく異なる二つの職場が、とあるキーワードで交錯します。本書に収められた作品の中でも、ミステリー要素がとくに大きいので、設定の紹介はできませんが、読後の満足感は間違いなし。ヒナコの奮闘がさらに重要な役割を果たす一編です。

「わたしのための本を」

書店員の労働環境がテーマです。……いやこれ、私たちの物語じゃないですか。

本職の私が読んでも、書店の経営から現場にいたるまで、実に描写がリアルです。ということは、いろいろな職業をテーマにしたほかのストーリーも、おそらくその業界のリアルを反映しているのでしょう。著者の取材力、表現力の確かさがうかがえます。

書店なら全国どこでも頭を悩ませているはずの「あの問題」を、ヒナコが解決してくれる、溜飲の下がるエピソードでした。


「藪の中を探れ」

化粧品会社が舞台です。セクハラ案件から、見えなかった社内環境のひずみが浮かび上がっていきます。題材となっている芥川龍之介の「藪の中」さながら、法廷もののような展開がスリリングです。


「らせん階段を上へ」

居酒屋・カフェチェーンの総務部門の従業員と、会社側の衝突から始まり、さらに思わぬ事件も発生。ヒナコが獅子奮迅の活躍を見せます。従業員だけではなく、その家族にも焦点があてられ、労使の対立、理不尽な労働環境が、いかに現代人の人生全体に大きな影響を与えているかが、起伏のある面白いストーリー展開の中において、とことん追究されています。ヒナコシリーズ全エピソードの中でも、いちばん読みごたえのある作品です。

第一巻にも登場した、できることなら法律に従いたくない、という勢いの経営者が再登場し、ヒナコと白熱した「対決」を繰り広げます。クライアントである企業と対決するというのも、一見おかしい話ですが、コンプライアンスを遵守することが、結局は企業の利益につながるというのは現在の常識です。何よりも、派遣社員として苦労してきて、弱者の立場をよくわかっているヒナコは、そのことを企業に理解させることができる背景と説得力をもっているのです。

ここで余談をひとつ。私は八重洲ブックセンターで、講演会やセミナーなどのイベントも担当しており、第一巻が刊行された際には、著者の水生さんと、本職の社労士の方とのトークショーを開催しました。その対談が終わったあとの、質疑応答の時間に、会場からいくつか飛び出した質問が、まさに「リアルヒナコシリーズ」でした。

従業員の立場から、会社がいかに自分の権利を認めてくれないかを問う声がいくつか上がったら、続いて経営者の側からは、なぜ法律は従業員の権利ばかり認めるのか、という声も上がったのです。会場で論争が起こるのではとドキドキしました。トークイベントは何百回も行なってきましたが、その中でも実に思い出深い回です。労使間の溝というのは身近に存在するものであること、ひいてはヒナコシリーズが、いかにリアルにそれを描いているかを、思いしらされたものでした。

最後に、さきほど少し触れた、なぜ八重洲ブックセンターでヒナコシリーズが売れているのか、についてお話しします。

何を隠そう、第一巻『ひよっこ社労士のヒナコ』が最初に刊行された二〇一七年、いち早くこの独特の面白さに注目したのが私です。八重洲ブックセンターでは、イチオシ本を大展開して拡販する「八重洲ブックチョイス」というイベントを定期的に実施しているのですが、そこに『ひよっこ社労士のヒナコ』を選ばせていただいたのです。出版元の文藝春秋は、「オリジナルビジネス書風フルカバー」を作るなど、大いに拡販に協力してくれました。そして何よりお客様がそれを支持してくださったおかげで、拡販企画は無事に成功しました。さきほどお話ししたトークイベントも、それにともなって実現できたのでした。まあ、もともと東京駅前という立地から、ヒナコシリーズに興味をもちやすい、ビジネスマンのお客様が多いのが、八重洲ブックセンター本店ではあるのですが……。

シリアスなミステリーの書き手という印象がある水生大海さんにしては、このヒナコシリーズは、ドラマ化されたランチ探偵シリーズなどと同様に、ややコメディタッチの、日常の謎系の作品です。ただ水生さんは、『冷たい手』『熱望』などのシリアス系の作品で、「弱者の視点の物語」を描いてきました。労使間の問題を「法に基づいて解決に導く」社労士という題材を描くのに、最適の作家であるといえます。水生作品はお初という方はもちろん、すでに他の著作をお読みになっている方も、ぜひお買い求めいただければと願います。

（八重洲ブックセンター書店員）

〈参考文献・ウェブサイト〉

『介護福祉士まるごとガイド』　日本介護福祉士会・監修　ミネルヴァ書房
『介護ビジネス進出の実務と手続きのすべて』　大内俊一・著　日本実業出版社
『現場リーダーのための介護経営のしくみ』　介護経営の未来を考える委員会・著／馬場博・監修
日本医療企画
『新版　新・労働法実務相談』　労務行政研究所・編　労務行政
『職場のハラスメント』　大和田敢太・著　中公新書
「藪の中」『地獄変・偸盗』　芥川龍之介・著　新潮文庫
「非正規が消える」『週刊東洋経済』　二〇一八年三月二十四日号　東洋経済新報社
厚生労働省
https://www.mhlw.go.jp/

このほかにもさまざまな本や新聞記事、ウェブサイトを参考にさせていただきました。

〈謝辞〉

ＨＲプラス社会保険労務士法人の佐藤広一さまに取材ご協力をいただきました。また「わたしのための本を」の執筆にあたり、多くの書店員の方からお話をうかがい、参考にさせていただきました。この場を借りて、改めて深く御礼を申しあげます。本当にありがとうございました。なお、物語には脚色を加えておりますので、本書の記述内容に誤りがあった場合、その責任は著者にあります。

〈初出〉

「わたしのための本を」「オール讀物」二〇一八年十二月号
「きみの正義は」「オール讀物」二〇一九年二月号
「春の渦潮」、「藪の中を探れ」、「らせん階段を上へ」は単行本時書きおろしです。

単行本　二〇一九年十月　文藝春秋刊
ＤＴＰ制作　エヴリ・シンク

文庫化にあたり、加筆修正を行いました。
法令やデータ、書類の名称などは、単行本刊行当時のものに基づきます。

文春文庫

きみの正義《せいぎ》は
社労士《しゃろうし》のヒナコ

定価はカバーに表示してあります

2021年11月10日　第1刷

著　者　水生大海《みずきひろみ》
発行者　花田朋子
発行所　株式会社 文藝春秋

東京都千代田区紀尾井町 3-23　〒102-8008
ＴＥＬ　03・3265・1211㈹
文藝春秋ホームページ　http://www.bunshun.co.jp

落丁、乱丁本は、お手数ですが小社製作部宛お送り下さい。送料小社負担でお取替致します。

印刷製本・凸版印刷　Printed in Japan
ISBN978-4-16-791782-1

（　）内は解説者。品切の節はご容赦下さい。

月と蟹　道尾秀介
二人の少年と母のない少女、寄る辺ない大人達。誰もが秘密を抱えるなか、子供達の始めた願い事遊びはやがて切実な儀式に変わり——哀しい祈りが胸に迫る直木賞受賞作。（伊集院　静）
み-38-2

スタフ　staph　道尾秀介
ワゴンの移動デリを経営するアラサーでバツイチの夏都。あることをきっかけに、中学生アイドル・カグヤとその親衛隊に出会い、芸能界の闇を巡る事件に巻き込まれていく。（間室道子）
み-38-4

田舎の紳士服店のモデルの妻　宮下奈都
ゆるやかに変わってゆく。私も家族も——田舎行きに戸惑い、夫とすれ違い、子育てに迷い、恋に胸を騒がせる。じんわりと胸にしみてゆく、愛おしい「普通の私」の物語。（辻村深月）
み-43-1

羊と鋼の森　宮下奈都
ピアノの調律に魅せられた一人の青年が、調律師として、人として成長する姿を温かく静謐な筆致で綴った長編小説。伝説の三冠を達成した本屋大賞受賞作、待望の文庫化。（佐藤多佳子）
み-43-2

静かな雨　宮下奈都
行助はたいやき屋を営むこよみと出会い、親しくなる。こよみは事故に巻き込まれ、新しい記憶を留めておけなくなり——。文學界新人賞佳作のデビュー作に「日をつなぐ」併録。（辻原　登）
み-43-3

ひよっこ社労士のヒナコ　水生大海
ひよっこ社労士の雛子（26歳、恋人なし）が、クライアントの会社で起きる六つの事件に挑む。労務問題とミステリを融合させた新感覚お仕事小説、人気シリーズ第一弾。（吉田伸子）
み-51-2

熱望　水生大海
31歳、独身、派遣OLの春菜は、男に騙され、仕事も切られ、騙す側になろうと決めた。順調に男から金を毟り取っていたが、一転、逃亡生活に。春菜に安住の地はあるか？（瀧井朝世）
み-51-3

（　）内は解説者。品切の節はご容赦下さい。

末須本有生
リヴィジョンA
航空機メーカーで働く沢本由佳は社の主力機TF－1の改修開発を提案する。実際に動き出すと、ライバル企業の妨害や社内の不正など、次々とトラブルが起きるが……。（吉野　仁）
み-53-2

新井素子・宮内悠介　ほか・人工知能学会　編
人工知能の見る夢は
AIショートショート集
日本を代表するSF作家たちのショートショートをテーマ別に編集し、各テーマについて第一線の研究者たちがわかりやすい解説を執筆。人工知能の現在と未来がわかる一冊。
み-55-51

村山由佳
星々の舟
禁断の恋に悩む兄妹、他人の恋人ばかり好きになる末っ子、居場所を探す団塊世代の長兄、そして父は戦争の傷痕を抱えて——愛とは、家族とはなにか。心震える感動の直木賞受賞作。
む-13-1

村山由佳・坂井希久子・千早　茜・大崎　梢
額賀　澪・阿川佐和子・嶋津　輝・森　絵都
女ともだち
人気女性作家8人が「女ともだち」をテーマに豪華競作！「彼女」は敵か味方か？　微妙であやうい女性同士の関係を小説の名手たちが描き出す、コワくて切なくて愛しい短編小説集。
む-13-51

村田沙耶香
コンビニ人間
コンビニバイト歴十八年の古倉恵子。夢の中でもレジを打ち、誰よりも大きくお客様に声をかける。ある日、婚活目的の男性がやってきて——話題沸騰の芥川賞受賞作。（中村文則）
む-16-1

森　絵都
カラフル
生前の罪により僕の魂は輪廻サイクルから外されたが、天使業界の抽選に当たり再挑戦のチャンスを得る。それは自殺を図った少年の体へのホームステイから始まって……。（阿川佐和子）
も-20-1

森　絵都
風に舞いあがるビニールシート
自分だけの価値観を守り、お金よりも大切な何かのために懸命に生きる人々を描いた、著者ならではの短編小説集。あたたかくて力強い6篇を収める。第一三五回直木賞受賞作。（藤田香織）
も-20-3